Luisa Reyes Retana (Ciudad de México, 1979) estudió Derecho en el ITAM y una maestría en Derecho Comparado en la Universidad de Berkeley. Trabajó como Secretaria de Estudio y Cuenta en la Suprema Corte de Justicia de la Nación y en 2011 fundó Sicomoro Ediciones, una casa editorial independiente, abocada a la publicación de libros de arte y cocina. En 2017 se hizo acreedora al premio Mauricio Achar, convocado por Librerías Gandhi y Random House, por su novela *Arde Josefina*. En 2022 publicó su segunda novela, *Tu lengua en mi boca*. Fue editora de *La Pluma Abominable* y ha escrito textos para *El País*, *Proceso*, *Revista de la Universidad de México*, *Arte al Día*, *La Tempestad*, *Istor* y otras publicaciones. Entre 2019 y 2021 se desempeñó como directora del Instituto Cultural de México en Alemania. Vive en Berlín y trabaja en distintos proyectos creativos con otras artistas.

@lreyesretana

Arde Josefina

LUISA REYES RETANA

Arde Josefina

RANDOM HOUSE

Título original: ***Arde Josefina***

Diseño de portada: Penguin Random House / Rafael Rodríguez
Fotografía de la autora: Nuria Lagarde

ISBN: 979-889-098-711-2

Impresión digital bajo demanda

156016905

A Emilio

el sueño, ese pregusto de la muerte

Jorge Luis Borges
«*El hacedor*»

1

Al llegar al sanatorio en Real del Monte, bajé la ventana del coche para tratar de leer las palabras en la marquesina. Aún era de noche. El frío me picaba la cara y la bruma me impedía leer. La complicada estructura señalaba los edificios de un sanatorio construido a lo largo de muchos años. Los edificios McKenna, Canterbury, Metodista, la Torre de Observación y Diagnosis, el Royal Crown y el Old Town Hall. Los letreros apilados, chuecos, con flechas que apuntaban más o menos en la misma dirección, parecían tener un propósito distinto al de la comunicación visual. Algo más bien asociado a la nostalgia, al autoconvencimiento o directamente a la demencia como propósito. Una marquesina de espectáculo para un hospicio de lunáticos.

Hice un cambio de luces y se abrieron las rejas negras. Crucé el patio con mi coche. El sanatorio me hacía sentir débil, relegada, incapaz de razonar. En el camino creí ver a dos hombres jorobados barrer en sincronía. Quizá trabajaban ahí, o se hospedaban, o los imaginé.

Me estacioné afuera del único edificio iluminado y caminé sobre una cama de hojas secas hacia la silueta ovalada de un hombre calvo. El médico, ojeroso y taciturno, se presentó como Marcos Moore. Sobre su cabeza colgaba un rótulo de madera con la palabra «Canterbury» escrita en semicírculo.

Subimos una escalera de caracol que nos llevó a un vestíbulo casi vacío, salvo por un sillón y una mesa plegable. Cinco o seis mujeres vestidas con batas color rosa miraban en nuestra dirección guardando cierta distancia.

Algo artificial se develaba lentamente en el sanatorio. Una oscuridad demasiado lúgubre, un silencio vehemente, las caras sobradas. De madrugada se anuncian las cosas que nunca debieron suceder.

El médico me miró con compasión y vergüenza, con ojos desnudos y sonrisa errática, mientras algo se le escapaba de la cara. Reconoció la constitución de mi nariz y se estremeció: conocía la historia de mi hermano Juan y sabía que yo era su única familia, su último vínculo con el mundo extramuros. Juan era esquizofrénico y epiléptico y estaba internado en el sanatorio desde hacía varios años.

Moore me invitó a sentarme en el sillón. Desde que llamó la noche anterior para pedirme audiencia urgente sospeché lo peor, pero no quiso decirme de qué se trataba y no me gusta insistir. Nos sentamos y me tomó una mano y la puso entre las suyas. Retiré mi mano. Me preguntó si podía manejar información confidencial. Me pareció una pregunta fuera de lugar.

Desconfiaba de los psiquiatras, pero él me causó un escozor especial, nutrido, en parte, por la halitosis que le impuso a mi recuerdo de aquella conversación. Insistió en la confidencialidad del asunto y accedí. Parecía demasiado joven para su cuerpo de pera.

—Su hermano embarazó a una paciente, señora Aspers.

Sentí una arcada en las tripas.

—Señora Aspers. Señora Aspers, ¿se encuentra bien? —preguntó parpadeando.

Aspers como Asperger, pensé. Aspersión, aspirina, áspero, aspirar, aspartame. Lo repasé para amortiguar el pensamiento caótico que me sobrevino con la noticia. Cerré los ojos un par de segundos, y cuando los abrí vi por la ventana un pedazo del muro del Old Town Hall. Concavidades detrás de la fachada de falsa cantera que de frente simulaba una muralla derruida por la actividad belicosa y heroica del reino.

—¿Mi hermano embarazó a una paciente? —pregunté usando el fraseo exacto del doctor, en parte para asegurarme de haber escuchado bien, en parte porque la acusación que encerraba la frase me preocupó. ¿Estaba insinuando que mi hermano violó a una mujer?

—Su hermano embarazó a una paciente, señora Aspers —repitió Moore, esta vez con un tono más seguro y contundente, como si hubiéramos acordado que repetir la misma frase en distintas entonaciones nos evitaría tener la conversación que debe seguir a una declaración de esa naturaleza.

—¿Él solo? —pregunté mostrándome ofendida, pero Moore prefirió ignorar la acusación implícita en mi pregunta y simplemente aceptar que la dinámica de la reiteración se había terminado.

—Se llama Ágata Rosental y es maniaco-depresiva. Ingresamos a John al Canterbury para separarlos. Es un embarazo de alto riesgo, pero me temo que es tarde para terminarlo. Los padres de Ágata están en la Torre de Observación y esperan hablar con usted.

—Cuando dices que Juan «la embarazó», ¿qué quieres decir exactamente? —le pregunté a Moore.

—Quiero decir que Juan es el padre.

—¿Cuántos meses de embarazo? —pregunté obviando el subtexto de la conversación, no porque dejara de importarme la insinuación de que Juan hubiera violado a la mujer, sino porque no me llevaría a ninguna parte.

—Seis. Seis y medio, señora Aspers. Es imposible terminar el embarazo a estas alturas.

Negué con la cabeza varias veces mientras asimilaba la información. Me levanté y caminé en dirección a los cuartos. Moore se quedó sentado en el sillón con la cabeza inclinada y expresión ofendida.

2

Mi hermano Juan y yo nacimos en Manchester, Inglaterra. Yo en 1976 y Juan en 1980. En 1981 nos mudamos a México. Nuestros padres, Jonathan y Holly Aspers, son empleados de la empresa constructora británica que se hace cargo de la obra carretera México-Pachuca, de tal modo que Juan y yo crecimos entre la Ciudad de México y Pachuca.

Nuestra casa en Lindavista es grande y fría. A trasluz se ve el polvo suspendido en el aire. El tirol de las paredes se llena de sombras casi imperceptibles que crecen conforme avanza la tarde. El comedor es oscurísimo. La mesa y las sillas brillan como joyas bajo el polvo. Hay vitrinas en el comedor, en la sala, en la cocina y en los pasillos. En sus repisas descansa una serie de objetos frágiles y sin utilidad aparente. Monos, payasos, mujeres de porcelana o de bronce, libros viejos amarrados con listones, vajillas apiladas y empolvadas, botellas vacías renegridas por el tiempo, bustos sin nariz y sin orejas, óleos con escenas religiosas. Hay cosas parecidas en los baños y en los cuartos. Me pregunto de dónde vienen y para qué son. Nunca salen de sus escaparates. Están con llave, como si fueran valiosos y nosotros, ladrones.

A Jon y a Holly no les gusta el ruido, pero casi nunca están. Nos cuida la nana Ramona. Nuestra relación con ellos es distante. No tenemos lazos de cariño. No los procuran ni los pedimos. Nos mantienen, nos regañan, nos callan. Fuman, beben, leen, hablan estrictamente en inglés. Son obsesivos con sus temas de trabajo y no se esfuerzan por compartirlos con nosotros. No hablan de su vida en Mánchester, de sus familias o de su barrio, ni siquiera entre ellos. Da la impresión de que no tienen pasado, o que está descartado. Ven «lo británico» como un sistema de perfeccionamiento y control a través del cual tolerar la vida.

Se afanan en ser estrictos, al grado de reprendernos por comer tacos con la mano, reír a carcajadas o ver telenovelas. Nos consideran ordinarios y vulgares. Si hablamos en español nos gritan o nos pellizcan. Jon se pone trajes de tres piezas y se soba los bigotes mientras ve por la ventana, empuñando su reloj de bolsillo y entrecerrando los ojos. Supongo que trata de ver un jardín florido en vez de la calzada Ticomán. Holly usa vestidos grises o negros, ceñidos al torso, de cuello alto, mangas ajustadas y falda hasta los tobillos. Se peina con un chongo que le estira la piel de la cara y se abanica con movimientos cortos y ostentosos, censurando todo lo que abarca su mirada.

A veces nos llevan a Pachuca y nos encargan con una pareja cuya principal virtud es la de ser ingleses. Pachuca es el mundo de Jon y Holly. Nos llevan para hacernos parte de la comunidad inglesa instalada ahí, pero eso no sucede. Holly aprovecha las carreteras para hablar de sus antepasados. Nos cuenta que sus tatarabuelos se hicieron inmensamente ricos en Pachuca durante el Porfiriato. Dice que gracias a una serie de contratos que las compañías mineras británicas establecieron con el gobierno mexicano se desarrolló la explotación de metales y minerales en este país tan atrasado. Cuenta que además se originó una comunidad inglesa que logró enriquecerse considerablemente y conservar su estilo de vida. Que como comunidad lograron reproducir ese modelo exitosamente en muchos estados del país y generaron fortunas importantes para familias inglesas, incluso en lugares más primitivos que Pachuca y Real del Monte. Dice cosas como: «El espíritu explorador de los ingleses sólo puede mantenerse si evitamos adoptar rasgos culturales locales». Voltea de vez en cuando desde el asiento del copiloto para asegurarse de que entendamos el mensaje. Cuando no encuentra lo que busca en nuestras miradas, nos repite las cosas varias veces.

Siempre volvemos de Pachuca tristes, porque ahí, más que en cualquier otro lugar, confirmamos que no somos como ellos y que estamos destinados a decepcionarlos.

***

Ramona es la primera en darse cuenta de que Juan tiene un problema de salud mental. Yo simplemente creo que los hermanos menores, por regla general, son sádicos, masoquistas, se angustian y amenazan con aventarse por el balcón. Ramona insiste a Holly que Juan es ansioso y violento, y Holly guarda silencio. Hace como que es un tema de niños y nanas. Ramona le suplica que se quede en la casa para estar con él y que vea cómo se comporta. Holly pone pretextos, pero se le descompone el gesto. Jonathan, por otro lado, jamás se acerca a Juan, como si sospechara que si lo viera de cerca no tendría modo de huir.

Juan llora mucho. Un llanto atormentado y espasmódico, y su dolor es duro de presenciar. Su cuerpito se estremece y aprieta tanto los puños que se lastima con las uñas las palmas de las manos. Ramona y yo tratamos de contenerlo, pero Juan nos pone en situaciones imposibles.

Hemos desarrollado mañas que nos ayudan a protegernos física y emocionalmente. Le aplicamos llaves cuando amenaza con lastimarnos, y de inmediato nos insulta. Su elocuencia espanta. Para callarlo, pretendemos que no entendemos lo que nos dice, como si nos hablara un niño pequeño que no pronuncia bien las palabras. Se frustra, grita, llora y eventualmente para de hablar.

Una tarde de domingo Ramona se enferma. Jon y Holly tienen que hacerse cargo de nosotros. Nos llevan a pasear al Deportivo Miguel Alemán por primera y última vez. Juan tiene ocho años y yo doce.

Llegamos al deportivo hacia las cinco de la tarde. Después de un rato de caminar por las instalaciones encontramos una sección arbolada cerca de las canchas. Jon y Holly se sientan en el pasto, sacan sus cigarros, sus bebidas, sus novelas y se dedican a leer mientras Juan y yo nos damos manotazos y cachetadas y Juan me amenaza con un palo. Holly se enoja, más porque estamos haciendo ruido que por la violencia misma, y le dice a Juan que deje de comportarse como un tarado. Lo llama *retard*. Volteo a ver a Juan temerosa de su reacción. Los ojos le crecen como globos y cierra los puños. Está reuniendo su furia. Empieza a gritar y a tirar puñetazos. Primero gruñe mostrando los dientes y luego grita: «¡No me insultes, idiota! ¡Quién te sientes! *You are the retard!*». Holly trata de calmarlo y Juan la coge del cuello y aprieta, se quita un zapato con la otra mano y le pega duro en la cabeza. Holly, incrédula, lo empuja, retrocede un par de pasos y se pone una mano en la frente, luego en el cuello. Se mira la palma de la mano como buscando una respuesta. Nuestro padre está furioso. Regaña a Juan, lo sujeta de los hombros y le grita y le escupe en la cara mientras habla. Juan se zafa y corre a estamparse contra un árbol. Rebota, cae. Se para como resorte y sigue golpeándose contra el tronco del árbol hasta que le sangra la cabeza. Trato de aplacarlo, me pega, se tira al piso y grita: «¡Muérete, idiota!, ¡muérete, idiota!, ¡muérete, idiota!». Me acuesto a su lado y le hago una llave que le impide usar los brazos. Tira patadas y alaridos. Su boca burbujea de rabia y el gesto se le vuelve un grito sordo de cólera y frustración. La fuerza cede su lugar al dolor. Nos quedamos unos minutos en esa posición. Le veo la cara roja, monstruosa, deformada. Ya no puede emitir sonidos. Parece catatónico. Llora largamente entre mis brazos. Percibo el olor a sangre y el cuello de mi vestido se empapa de mocos y lágrimas. Mis padres nos miran atónitos todo el rato.

En el coche de regreso a casa, Holly dice: «El asunto de Juan se soluciona mañana». Temo que sugiera internarlo en algún lugar lejos de mí. No la conozco lo suficiente. No sé de lo que es capaz. Le pregunto a qué se refiere y me ignora. Odia el desorden, el ruido, las groserías, la irregularidad. Ella y Jon intercambian miradas tensas que veo por el retrovisor. Jon le toma la mano y aprieta. Se dicen con gestos algo que no debemos saber.

Llegamos a la casa y acompaño a mi hermano a bañarse en su tina. Le lavo el pelo y el agua se pinta de rosa. Burbujas rosas, la cara molida, Juan está apartado de mí y conectado a otra cosa, a un espectro invisible. Lo escucho balbucear, y cuando le pregunto qué dice contesta que no, que no le pregunte nada. Le toco con los dedos la herida y aprieto.

—¿Te duele? —no me contesta.

Me veo en el espejo y tengo la boca y el mentón sucios de sangre, como caníbal. No me limpio la cara para hacer escarmentar a los ingleses, pero ya no los veo. Se encierran en su cuarto. Juan y yo cenamos chícharos viendo la tele y nos quedamos dormidos en el sillón.

Al día siguiente nos despiertan casi a patadas y nos suben al coche junto con Ramona. Vamos a ver a un psiquiatra inglés en un hospital cerca de Pachuca. En el camino le preguntan a Juan cien mil cosas y me callan si intento contestar en su lugar. Juan está aturdido y contesta sin orden. La carretera parece casi terminada. Holly lo hostiga con preguntas complicadas que Juan no sabe contestar y en su frustración golpea el asiento del piloto con la cabeza. Holly se jala los pelos y mira al techo desesperada. Nunca la he visto reaccionar así. Se le quiebra la voz y desiste del interrogatorio. Se queda viendo a Juan aterrorizada.

Al llegar al sanatorio, un médico se lleva a Ramona hacia un salón vacío y Juan y yo seguimos a mis padres hasta un consultorio. Juan defeca en los calzones. Los doctores usan esa expresión: *defecar.* Huele horrible. Me despachan de inmediato. Camino por el pasillo y al final encuentro un jardín. Escucho los gritos de Juan sentada en una banca con los ojos clavados en una abeja que agoniza entre mis pies.

Más tarde me interrogan a mí también. Lo primero que me piden es mi nombre completo: Josephine Mary Aspers. Al decirlo, mi voz ya no suena como la de una niña. Me preguntan si mi hermano tiene vínculos afectivos. Contesto que no lo sé, aunque sí lo sé. Mi hermano no puede estar sin mí, por amor o por temor. Me da la impresión de que, para los fines de su pregunta, no es muy distinto lo uno de lo otro. Me preguntan una serie de cosas que tienen que ver con la vida diaria. Contesto lo que puedo. Me dicen que Ramona contestó lo contrario. Me amenazan con internar a mi hermano si no les digo la verdad. No me atrevo a confesar que lo he visto susurrarle al vacío.

Los interrogatorios se acaban y regresamos a Lindavista en el más absoluto silencio. Mi hermano va casi desnudo, salvo por una bata de hospital.

Se muere de frío. Lo abrazo y lo cubro con mi abrigo.

En los días siguientes, Juan se porta peor que nunca. Avienta cosas, berrea desesperadamente, se arranca la ropa, patea las puertas, nos insulta. Holly lo trata como a un perro miserable. Jonathan lo amordaza y lo amarra a una silla hasta que Juan se agota y llora o se queda dormido. Se convencen de que Juan está gravemente enfermo. La violencia en la casa alcanza límites peligrosos. A mayor violencia, mejor evidencia. Decirlo los llena de placer. Como si la solución estuviera en la certeza. Sospecho que la aversión de Holly hacia Juan tiene que ver con algo distinto a Juan.

Pasan los días y vuelven a llevarnos al sanatorio. El médico nos anuncia que Juan tiene un trastorno formal del pensamiento, que es una pérdida gradual de la capacidad de integrar las ideas de forma coherente y que la violencia se debe a la frustración que le provoca esa pérdida. Nos dice que es muy temprano para hacer un diagnóstico preciso y que probablemente habrá otros síntomas que aparecerán con el transcurso del tiempo. Nos dice, sin comprometerse, que estamos ante los primeros síntomas de un cuadro esquizofrénico. También nos felicita por la detección temprana. A Ramona y a mí nos pide que lo observemos, y enumera una serie de conductas que debemos identificar.

Ante la imposibilidad descrita por el doctor de diagnosticar con certeza a un niño, le recetan un compuesto de amplio espectro para tratar distintas psicosis juveniles. Su fiereza y su desorden se atenúan de inmediato, pero también su voluntad y su personalidad.

3

Caminé por los pasillos tocando puertas. Entreabriéndolas. Encontré cuartos con camas vacías, iluminados por la luz del sol.

Detrás de la novena o décima puerta encontré oscuridad e instintivamente la cerré. De inmediato reparé en la luz de las habitaciones anteriores y volví a abrirla. Exploré la penumbra con las manos. No registré calor o vida. Un bulto amorfo sobresalía de la cama. Lo toqué. Por un momento temí haber encontrado un muerto. Me acerqué buscando una cara, un brazo, un pedazo de materia inerte. Rodeé la cama y vi una cabeza.

Sus ojos negros me miraron y me dejaron de mirar en el mismo acto, como veían mis muñecas con sus ojos de canica. Me acerqué y se tapó la cara con la sábana. Era un juego infantil que se había transformado en un hábito triste e ineludible.

—Sal de ahí, Juanito. Ya te vi —no contestó—. Sal, por favor, Juan. ¿Puedo abrir las cortinas?

—pregunté señalando la ventana. Otra vez no contestó. Lo hice de cualquier manera. El cuarto se iluminó y pude ver que Juan sonreía debajo de la sábana. Sonreí yo también y me acerqué a la cama. Poco a poco levanté las cobijas y mi hermano cerró los ojos y extendió la mano.

—¿Ya sabes lo de Ágata? —preguntó incorporándose. Asentí. Parecía ilusionado— Los locos somos igual de calientes que la gente normal —masculló entre labios.

—Pero menos prudentes —dije para no celebrarle la apología.

—Qué pendejada. No es cierto. No sé ni por qué lo dije. Somos lo contrario a calientes, que es peor que ser fríos. Por lo menos yo soy así —contestó—, pero Ágata me provoca.

—¿Qué te provoca? ¿Ganas de tener un hijo?

Me arrepentí en cuanto lo dije. El sarcasmo era el tipo de provocación de Holly.

Sacudió el cuerpo y peló los dientes.

—¿A ti qué te importa si quiero tener un hijo, zorra? —dijo con mueca de doberman—. ¡No me veas, maldita! No me veas, no me molestes. Vete… ¡no! mejor no. Maldita casa, la voy a quemar. Me duelen las muelas. No me den ese plato. No tiene orillas. Si me lo das lo mastico. Lo mastico y lo mastico y lo mastico hasta cortarme la boca. Cállalos. Es tu culpa. Es tuya. Me duelen. Quítame esto de encima. ¿Qué tengo en la piel? ¡Qué asco! —gritó frotándose los brazos.

Lo tomé de la cabeza con fuerza y le contesté:

—No tienes nada en los brazos, nadie te está dando un plato. ¡Veme a los ojos! Estamos hablando de Ágata. Está embarazada.

—Quítate de encima de mí o te rompo la cara —amenazó saltando de la cama y empujándome hacia la pared. Estaba desnudo de la cintura para abajo. Tuve que ver su pene oscuro y flácido. Bajé la mirada.

—Salte de mi cuarto. No dejes que Ramona me toque. Me da comezón, me da miedo. Dame mi plato y no me veas los dientes. Tírale esto a mi mamá en la cara —dijo extendiendo los brazos y haciendo un cuenco con las manos.

—Ponte calzones, cerdo. ¿Dónde está tu ropa?

Me ignoró e insistió con el tema del plato. Su cama olía muy mal. Tuve que extender los brazos y subir la mirada para recuperar su atención.

—¿Qué tienes en ese plato, Juanito?

—No tiene orillas.

—¿Qué tienes en ese plato? —repetí.

—Agua hirviendo. Aviéntasela en la cara. Cuidado con tus manos. No te quemes.

—¿Dónde está Holly?

—En la puerta.

Me pasó el plato imaginario. Caminé hasta la puerta e hice mi mejor esfuerzo para representar el momento en que bañaba a Holly con agua hirviendo. Juan rio falsamente.

Se rascó el cuello y los hombros. Busqué unos calzones en el clóset y se los aventé. Le ordené que se los pusiera. Se los puso, pero metió la mano debajo. Era su forma de anunciar que estaba por masturbarse.

Le cogí la muñeca y lo miré a los ojos: «Ni se te ocurra, pendejo».

Se sacó la mano de los calzones y se sentó en la cama. Guardamos silencio un rato. Le sostuve la mirada. No me gustaba hacerlo, pero era una forma de inducir su atención.

Me contó que Ágata y él se habían encerrado juntos varias veces en su cuarto y que todo el mundo en la torre lo sabía. La enfermera los amenazaba con acusarlos si los sorprendía de nuevo, lo que a Juan le parecía absurdo. Ya no estaban Jonathan y Holly, no había con quién acusarlo de nada. Reía y tarareaba una canción mientras me contaba pedazos de su romance. Ágata le había jurado que era estéril. La narración era de un desorden angustiante. Me senté con él y lo miré firmemente.

—Juan, ¿qué vamos a hacer? —pregunté—. ¿Quién es Ágata? ¿Qué enfermedades tiene? ¿Qué condiciones son hereditarias? Tuyas y suyas.

—Ágata es la mujer de la ventana. Tú dijiste que era mi novia —contestó.

—¿De qué hablas, Juan, qué ventana? Ustedes no pueden hacerse responsables de un niño. ¿Cómo pasó esto? ¿Desde cuándo sabes? —hice una pausa esperando una respuesta que no llegó—. ¿Qué vamos a hacer? —repetí.

—Juanito pendejo. Ágata se ríe de todo. Además me mira a los ojos cuando estoy encima de ella y eso me pone peor. No me gusta ver a los ojos a nadie, ni pensé en hijos. Lo bueno es que no tengo síndrome de Down. Pobre pinche niño. Ágata me cae bien, pero tampoco la quiero metida en mi cuarto. No quiero que me trate como novio. No me gusta que se me acerque porque me dan ganas de coger. No quiero platicar. Tiene unas tetas gigantes que le encantan. A mí también. Se las soba todo el día. Josefina, así voy a llamar a la niña, pero no por ti. Por Ramona.

Se hizo una pausa en la que ambos suspiramos.

—¿Va a nacer mal ese bebé? —preguntó con la voz y la cara de un niño.

—No tengo idea —contesté—, pero si es cierto que tu novia ya tiene seis meses y medio de embarazo, va a ser muy difícil abortar. ¿Quién va a criar a ese niño?

—Tú —dijo—, vas a ser tú su mamá y su papá. Nunca le vas a decir la verdad. Nunca, nunca, nunca, jamás, mucho menos tú. Vas a ser su mamá, como conmigo. Sé su mamá. Si está mal, como yo… Eres una maldita. Maldita abandonadora. Te odio. Odio mi vida. Vete, salte. ¡Vete! Mis dientes, mis muelas.

Su voz se hizo delgada y su discurso ininteligible.

Por un instante me sentí afortunada. Durante los trechos de conversación lúcida, creí entender que el sexo había sido consensual. Podría argumentar que ella lo provocó, que Juan no se puede controlar, que no sabe lo que hace…

Reparé en mis pensamientos. Le estaba buscando defensa a un posible violador. Lo que estaba dispuesta a hacer por él no tenía nombre.

Guardó silencio y lo observé. Sus brazos temblaban. Se puso los dedos sobre los ojos. Le caía el pelo negro en la cara y entre los dedos le escurrían las lágrimas espesas de su llanto de siempre. Estaba flaco y envejecido. Las manos ajadas, las uñas sucias. Lo aborrecí como nunca. Me salí de su cuarto y lo dejé llorando, meciéndose y tallándose los ojos demasiado fuerte.

Caminé a la Torre de Observación para conocer a la mujer embarazada y a sus padres. El tema de la maternidad me repelía con la fuerza del vómito por intoxicación. La invitación a que me convirtiera en la madre era inaceptable. ¿Por qué los médicos no tomaron el camino del aborto eugenésico? ¿Por qué no me habían participado del asunto antes? Los ingleses y los psiquiatras siempre tienen agendas secretas. Tal vez intervinieron el feto con un tratamiento experimental. Tal vez programaron este embarazo y necesitan que llegue a término para recabar resultados.

¿Quiénes eran estas personas Rosental? Llegué a la torre y vi una fila de médicos malformados por el incesto. O eso supuse. Lo entendí como un comité de bienvenida morboso.

Los padres de Ágata no eran muy distintos a Jon y a Holly. Me lanzaban miradas de odio, agazapados al fondo del salón. A mí me interesaba más saber quién era Ágata y planteé la pregunta en voz alta: «¿Quién es Ágata Rosental?».

La audiencia se abrió para dejar pasar a una mujer roja y alta cargando con las manos su vientre pesado. Al estar frente a mí frunció la nariz, como si buscara la fuente de un olor a caca dentro de una casa.

4

Una vez que el médico encuentra la dosis de drogas apropiada, Juan se vuelve un muñeco de cuerda. Sigue siendo cruel, pero sin la pasión de antes. Es menos perverso. Habla y se mueve con lentitud. A veces parece no tener buen control sobre sus extremidades y acusa a Ramona de espiar sus conversaciones telefónicas. No tiene tales conversaciones telefónicas. Cuando la denuncia, me río nerviosa para no enfrentarlo, pero pienso en autismo, esquizofrenia, paranoia. Lo he visto lamer el champú, hablar con una cuchara, sentarse sobre sus zapatos, descuartizar bichos con un martillo.

El psiquiatra que lo atiende nos regala un libro que se llama *DSM-IV*, en el que podemos consultar los diagnósticos de los distintos trastornos mentales. Mis padres lo tienen en su cuarto y cuando olvidan cerrar con llave me meto y lo leo. Entiendo poco. En el capítulo de esquizofrenia se enumera una serie de síntomas. Yo identifico algunos en Juan: ideas delirantes (como aquella del teléfono y Ramona), lenguaje desorganizado, la fragmentación del discurso que ya nos explicó el doctor y el aplanamiento afectivo. Esta última no la entiendo bien, pero la intuyo. El libro dice que es la falta de motivación para cumplir objetivos y, si el nombre expresa algo, la incapacidad de sentir emociones estables. Tal vez me equivoco. Ojalá. La violencia la asocio con autismo, pero no sé bien por qué.

Juan no logra hacer cosas sencillas como lavarse los dientes y ponerse la pijama. Lo obligo, pero es obvio que no entiende. Se queda mirando el cepillo de dientes y no está seguro de para qué sirve. Se cepilla las orejas. Nos peleamos. Usa los platos de sombrero, las camisetas de mantel, el tenedor para rascarse la espalda. Trato incansablemente de ayudarlo a recordar para qué sirven las cosas.

En otros aspectos es adelantado. Piensa estructuradamente sobre álgebra, por ejemplo, y hace reflexiones que parecen las de un adulto. Ya no agrede a la gente ni pierde el hilo de sus pensamientos como antes, pero claramente tiene una afección. No ve el mundo como lo ven los demás.

Escondiendo su condición de salud, lo inscriben en el colegio para que repita el curso y la vida encuentra una nueva normalidad. En la escuela Juan es un niño prácticamente normal. No mastica el lápiz ni se mete la mano en los calzones. El detonador está en la casa. Diario tomamos el transporte escolar, nos separamos en la entrada de la secundaria y en el descanso nos sentamos a ver a los demás niños hacer el ridículo y a hablar mal de todo lo que tiene que ver con Inglaterra. «Si fuera inglés, sería escocés», es una de nuestras frases favoritas. Nos reímos mucho, a pesar de estar fatalmente marcados por la maldición de ser hijos de Jon y Holly y de no poder contar del todo con Juan, o quizá por eso nos reímos más.

Aunque en las tareas de la vida diaria yo soy adulta y él niño, de pronto ambos nos volvemos adolescentes. Yo tardíamente y él de forma precoz, cambiamos físicamente para parecernos más que nunca. Altos y flacos, pelinegros, ojinegros, narices inglesas y dentaduras terribles. Nos sentimos suficientemente atractivos para una portada de disco de punk y suficientemente feos para no pasar por *juniors*. Yo me corto el fleco sobre las cejas y me gusta. Me parezco a David Bowie adolescente.

Caigo en la cuenta de que un hermano cosido a mi cuerpo es el peor repelente social. Los chicos en la escuela bajan la mirada al pasar junto a mí, y si por suerte hablo con alguno hablo sobre Juan. Escucho a la gente susurrar entre dientes cosas sobre nosotros. Estoy mitad resignada, mitad enojada.

***

Una tarde mis padres se aparecen en la casa con otra pareja de ingleses y su hijo. Viven en Real del Monte. Me acuerdo de las visitas al sanatorio. El hijo se llama Terrance y es un gordito malencarado un año mayor que yo. Mi madre me sugiere que lo invite a mi cuarto y salimos corriendo a encerrarnos.

Terry está por entrar a mi colegio. Sus padres se mudaron a la Ciudad de México por trabajo y él pasó el examen de admisión después de varias pruebas de suficiencia. Está contento por ir a una escuela inglesa. A mí me parece una ridiculez. Le platico sobre lo desagradable que es el patio. Escuchamos música, hojeamos libros, empieza a oscurecer. Me invita a salir por la ventana a sentarnos en el pretil y fumar unos Pall Mall que «se encontró sin querer en el saco de su padre». No sé si es un juego de palabras y me debo reír o si no quiere admitir que los buscó. Nos salimos y fumamos sentados en el marco de la ventana de mi cuarto, que da al patio central de la casa y a la ventana de la sala. Desde ahí vemos a nuestros padres departir con una quinta persona sentada en una silla de espaldas a nosotros. Se hace de noche y no logro ver quién está sentado ahí. A Terry no le da curiosidad. Está completamente entregado al acto de fumar y de investigar, a través de mí, qué le espera en la escuela. Yo estoy contenta ante la posibilidad de un amigo, pero también quiero entender a quién observan nuestros padres.

De pronto noto algo rojo debajo del asiento de la quinta silla, la que está de espaldas a mí. Afilo la vista. Son los tenis de Juan. Juan está sentado en ella. Están hablando con Juan. Le pregunto a Terry si sabe que la quinta persona en la sala es mi hermano Juan. Terry admite que sí. Le pregunto por qué sus padres hablan con él y me contesta: «Porque tu hermano está loco y a mis padres les encantan los locos».

5

El primer acercamiento de los padres de Ágata al asunto fue esencialmente médico. Los posibles escenarios que habían estudiado y ahora me comunicaban hacían evidente que ellos supieron del embarazo antes que nosotros (o por lo menos antes que yo) y los escuché durante largo rato. Hablaban en turnos para argumentar su propuesta: que yo me hiciera cargo. No sabían que media hora antes Juan me había dicho: «Vas a ser tú su mamá, como conmigo», y con ello lo había escrito en piedra. No había vuelta atrás, pero me molestaba que pensaran que se debía a ellos y que concluyeran que con cada palabra enunciada crecía en mí la víctima de su maniobra.

Había algo de estúpido en ellos. Algo inocente, frío y francamente podrido, que permanecería protegido siempre y cuando la cría naciera con un par de ojos y cinco dedos en cada mano.

Cuando me tocó hablar, argumenté que no sólo habían tenido la oportunidad de aconsejar u obligar a su hija a practicarse un aborto necesario, sino que habían decidido no hacerlo sin mi aprobación, para después imponerme su voluntad. Les dije que el manejo hospitalario del asunto era inaceptable. Evadieron mis acusaciones con argumentos sobre la viabilidad del embarazo.

—¿Qué no son padres de esta mujer deschavetada? No tiene que venir con cuernos para saber que ese bebé es propenso a las diversas enfermedades mentales que tienen su padre y madre. ¿Qué sabemos de esto? ¡Nada! El riesgo es demasiado alto. Si me quedo con esa criatura, me llevo a mi casa una bomba de tiempo.

Lo dije y mi declaración fue mi condena. El padre aseguró que me apoyarían en lo que fuera necesario, como si yo sólo hubiera dicho: «Me lo llevo a mi casa».

Sentí la necesidad de negarme. Les dije que no y punto. Que no lo haría porque no era justo y no me sentía capaz.

La madre de Ágata contestó.

—Tal vez Juan la violó. No sabemos. No juegues con fuego.

El fraseo de Moore cobró sentido. Coquetearon con la idea de una violación, imposible de comprobar, y la usaron como carta final. Dijeran lo que dijeran los locos, su dicho no tenía valor y tampoco llegarían lejos mis especulaciones sobre experimentación médica. En un caso como éste, la víctima no tiene defensa, porque todos los escenarios están cubiertos con supuestos que la desplazan al lugar del victimario.

—Qué bajo, señora. No se atreven a abortar, pero tampoco a hacerse cargo de su decisión.

Mientras contestaban, pensé en levantar una denuncia en su contra en el Ministerio Público. Establecería la negligencia del sanatorio y la complicidad de la familia de la madre. Argumentaría la probabilidad de experimentación médica con pacientes humanos, la victimización de un esquizofrénico; acusaría a los padres de complicidad; en fin, lo que se me ocurriera ahí.

—¿Por qué me llamaron hoy en la madrugada? —pregunté con curiosidad genuina—. ¿Por qué no ayer o mañana o hace cinco meses?

—Josephine, si me permites llamarte por tu *given name*, porque ayer recibimos los resultados del ultrasonido estructural y el feto está en perfectas condiciones.

—En perfectas condiciones, como los fetos de Juan y Ágata.

—Si el ultrasonido hubiera arrojado un resultado negativo, jamás nos hubiéramos conocido, pero ¿tú estarías dispuesta hoy a acabar con la vida de un niño sano de *tu* familia? Es tu sobrino, es hijo de tu hermano, sangre de tu sangre.

—¿Es niño?

—Sí.

—Críenlo ustedes.

—No podemos. Mi mujer está enferma y tenemos que atenderla.

6

Los padres de Terry son psiquiatras y están aquí para ayudar a Juan. Fin. Me cuento ese cuento porque es apenas la segunda semana de clases y Terry dice que le gusto. Él también me gusta a mí. Deja de parecerme un gordito malencarado y ahora lo veo como un mastín. No vuelvo a hablar sobre Juan y sus padres porque no quiero sabotear la oportunidad de darme besos con él.

Andamos de la mano por la escuela y un día Terry me acaricia la rodilla. Me tengo que rasurar las piernas, las axilas, el bigote y la ingle. En ello descubro atributos de mi cuerpo. Mi adolescencia toma una forma más sensual y poderosa. Me siento aspirante a mujer y tengo la impresión de que es el propósito más importante del mundo. Mentalmente abandono a Juan y otros asuntos de mi vida cotidiana. Me gusta ser mujer, ser alta, me gusta mi pelo, mis piernas y mi boca. Odio mis dientes, pero Terry dice que me hacen ver mayor.

***

Antes de meterme a la tina me observo detenidamente en el espejo de mi baño. Me pongo las manos sobre la cabeza y abro un poco las piernas para estudiar mi anatomía. Mi desnudez es un hallazgo inesperado. Siento como si antes la hubiera negado. Me sorprende ser yo la del reflejo. Me tapo la boca con las manos y cierro los ojos para sentir con más intensidad el desconcierto de mi propio cuerpo cambiando. A veces siento en la piel la mirada de Juan y volteo angustiada hacia la puerta. Está cerrada, pero no sé si está viendo por la mirilla.

Juan siente celos. Paseamos por su cara nuestro incipiente romance. Es una crueldad, pero no lo puedo evitar y no puedo calcular las consecuencias.

Terry pasa casi todas las tardes en mi casa. Sus padres son como los nuestros. Fantasmas. En cuanto acaba la comida nos encerramos en mi cuarto. Escuchamos a Juan respirando detrás de la puerta. A Terry le da risa y a mí, tristeza, pero por alguna razón atesoro su acecho. Me siento protegida. Quiero que Terry me toque, pero no quiero excluir a Juan de mi vida. Terry y yo nos besamos hincados en la cama y la boca me tiembla. Siento su lengua en los dientes y en el paladar, su mano en mi nuca. Nos contagiamos una combinación de excitación y estupor.

Juan nos sigue por la escuela. A veces nos recargamos en la pared a besarnos y él se para a un lado y observa con atención. En la casa lo espiamos. Habla solo y escenifica besos como los nuestros usando mis muñecas viejas. La secuencia se vuelve angustiante y violenta. Las golpea, las lame, las pisa, las mima. Durante meses nos espiamos mutuamente y lo sabemos, y no pasa de ahí.

Terry y yo hablamos sobre tener sexo. Usa la frase «hacer el amor». Le digo que no estoy lista. Él piensa que tengo miedo. Es cierto que tengo miedo, pero no es lo que imagina, me preocupan las consecuencias para Juan, pero no se lo confieso.

Pasamos mucho tiempo juntos. Nos acostamos en mi cama y nos examinamos el uno al otro con los ojos, con la punta de los dedos. A veces nos desnudamos y siento rigor y ansiedad en la vagina. Hay algo delicado entre nosotros que va a romperse en un impulso. Cuando digo que nos amamos, pienso que es la única verdad que conozco.

Una tarde, me acuesto en mi cama a esperar a Terry mientras acaba de hacer la tarea. Juan está en su cuarto sin hacer ruido. Me paro afuera y le pregunto qué hace. No contesta. Vuelvo a mi cuarto y de nuevo me acuesto en la cama a esperar.

Un rato después, Terry entra y entrecierra la puerta. Me hinco sonriendo. Se acerca a mí con los ojos enrarecidos y la punta de la lengua entre los labios. Trama algo. Se hinca frente a mí y me dice al oído que ya no puede aguantarse. Me excito. Sé que es inminente. Me baja de un tirón los pantalones y los calzones. Me busca con los dedos. Me mete primero uno, luego dos. Se muerde la lengua, concentrado. Mueve los dedos con cuidado, buscándome la mirada. Me hincho por dentro. Siento que el vientre se me llena de espuma caliente. Saca los dedos y empuña su pene para meterlo. Sucede de golpe y nos besamos desesperados. Trato de mitigar el dolor concentrándome en el beso. Terry se sale un poco, entra despacio.

De pronto, se separa de mi boca y detiene los movimientos. Levanta la mirada y la fija. Le pregunto qué pasa y no contesta. Sospecho que Juan está viendo. No puedo reaccionar. Tengo a Terry adentro. Estoy entumecida de placer y de dolor. Me muerdo una mano para no gritar. Debo parar, pero ya es tarde. Tiro la cabeza hacia atrás. Estoy demasiado excitada y dejo salir un gemido, primero estudiado, luego incontrolable. Al fondo de la escena está Juan, sus ojos rojos, sus puños alzados. Está parado en mi cuarto viéndonos coger.

Me incorporo. Pienso en Juan y en Terry. Se confunden, se traslapan, se mimetizan en mi interior. Terry se lame los dientes y arruga la cara. Me sujeto con las manos y las uñas a sus muslos. Juan sigue viendo. Todo se acaba con un ruido estridente.

Terry me abraza y hunde la cara en mi pelo. Yo busco un lugar donde posar los ojos, el lomo de un libro, un lápiz. Veo entre mis cosas la portada de *Goo*, mi primer disco de Sonic Youth. Me quedo pasmada mientras miro.

7

Al llegar a mi casa lloré. No quería hacerme cargo de ese niño. No podía aceptar a un nuevo Juan a quien arruinarle la vida meticulosamente desde antes de nacido. Al día siguiente tendría que volver con los padres de Ágata a decirles que siempre no. Tendría que contarles que no pude proteger a Juan. Que en mis intentos por mantenerlo cerca, lo involucré en un asunto del que nunca pudimos escapar y que nos llevó a la ruina. Que desde entonces nuestras vidas han transcurrido en la tramoya de un incesto. Que hemos vivido de puntitas, rodeando al monstruo, confundidos, aturdidos, con los afectos filiales dislocados, con la impresión más o menos constante de querer y necesitar por las razones equivocadas.

Sin darme cuenta —como me sucedió con Juan—, encontraría la forma de ver en la probable enfermedad del niño un subterfugio para mis propias necesidades. La culpa, la duda, el castigo.

Aunque, tal vez, un nuevo Juan sin mácula, sin la arrogancia de mis padres, sin el deseo incómodo, sin la ignorancia obsesiva que determinó nuestra relación, podría significar una segunda oportunidad. Pero no era un buen tren de pensamiento. En todo caso, como siempre, un castigo.

Quise lamentarme más, pero el cansancio me lo impidió. No pude llevar mi dolor hasta donde debió llegar, a una crisis de pánico, o a la voluptuosidad de un ataque de furia. En vez de eso, me tomé cinco gotas de Rivotril en un whisky y dormí la noche más larga y negra de mi vida.

Doce horas más tarde escuché el teléfono sonar. Una y otra y otra vez, pero no podía vencer la extenuación y en mis sueños el sonar del teléfono se convertía en los ladridos de un perro, en el claxon de un tráiler, en el llanto de un niño epiléptico.

Cuando finalmente me paré y levanté la bocina, del otro lado había caos, hasta que una voz se impuso. Era Moore. Lo que tenía que decirme otra vez no podía esperar: Juan había muerto durante la noche a causa de una sobredosis.

Los ataques que debí tener la noche anterior se me agolparon en la sangre. Sentí el impulso de aventarme por la ventana. En cambio, me pegué contra un vidrio y me quedé con la cara untada en él, llorando como Juan me había enseñado. El temor más violento de mi vida era quedarme sin él.

Su muerte era siempre una posibilidad, pero no ese día, no mientras otra vida más frágil mantuviera la de Juan en un *impasse*.

Cuando finalmente dejé de llorar, se me instaló un dolor parecido al que reaparece después de la anestesia. Vivo pero atendido. Como si el dolor original se hubiera desvanecido, o como si lo realmente doloroso fuera la vida de Juan y no su muerte. Me volvieron a la mente las conversaciones de la tarde anterior y me atreví a imaginarme con un bebé indefenso. Un cuerpito lánguido, dormido, cálido, mío.

***

Tenía que ver el cuerpo de Juan sin vida para creerlo. Me vestí y manejé hasta Real del Monte. Todo el camino lidié con imágenes del funeral de mis padres, lleno de caras extrañas.

Llegué al sanatorio y me recibió la marquesina. Ya empezaba a entenderla. La razón de ser de los letreros con nombres ingleses no era otra que imponerse, a la vista de todo mundo, como un universo dentro de otro, delimitado desde donde la vista alcanza. Un poco como hacen los locos con sus desplantes públicos.

La explicación de Moore fue que Juan se había robado una caja de diazepam del carro de la enfermera.

—El diazepam es una benzodiazepina que, ingerida en sobredosis, puede causar la muerte —dijo Moore, recitando la ficha técnica—. Juan tomó cincuenta pastillas, según el contenido que señala la etiqueta de la caja.

Sólo pude lidiar con los asuntos inmediatos. Pedí ver el cuerpo y Moore accedió. Caminamos hasta su cuarto, donde la escena del crimen yacía intacta, con un Juan azulado, de boca y brazos abiertos. El cuerpo de un muerto. La planilla de diazepam tirada en el piso cerca de su mano. Me quise morir con él. El cadáver de mi hermano era de tal sordidez que parecía de cera.

Moore me dijo que Ágata ya sabía. Pedí verla.

Al llegar a la torre, lo vivido el día anterior se repitió con precisión escalofriante. Los doctores malformados me escoltaron al cuarto de Ágata. Los padres me esperaban de brazos cruzados custodiando la cama, como si Ágata pudiera contagiarse del deseo de suicidarse.

Me dijeron que desde que Ágata recibió la noticia, se había negado a hablar, comer o siquiera moverse. No me impresionó. El estado de ánimo de Ágata me era indiferente. Pedí estar a solas un momento con ella.

Salieron del cuarto. Me puse en cuclillas para verle la cara. Tenía el pelo rubio rojizo, la piel pecosa y almidonada, los ojos cafés claros, las pestañas tupidas. Su nariz era como un triángulo de encino pulido y sus labios, simétricos y delgados. Parecía comatosa o muerta. La odié desde el segundo en que la vi. Quería ser cruel con ella. Decirle algo espeluznante que la dejara así para siempre, pero me contuve. En cambio, le dije que cuidaría a su hijo como si fuera mío.

De inmediato entraron los padres. Ya los imaginaba con la oreja pegada a la puerta. Dijeron que era suficiente, que Ágata tenía que descansar.

8

Después de verme coger con Terry, Juan sufre un ataque epiléptico que lo deja muy afectado. Se pasa varias semanas en el hospital fuertemente medicado. No come ni duerme. Cuando lo dan de alta, Holly y Jonathan van por él al hospital y lo traen a la casa.

Durante el siguiente mes no habla y casi no se para de la cama. Pinta con un labial un pene gigante en la pared de su cuarto y escribe frases ilegibles. Se masturba frente a nosotros. Holly le suelta bofetadas, Juan se mea, le pega con los puños, la patea y se golpea a sí mismo.

Todas las dinámicas familiares se ponen a prueba. Los ingleses tratan de controlarlo con discursos y amenazas. Pronto se dan cuenta de que es imposible comunicarse con él hablando. Siempre terminan maltratándolo, cada uno a su estilo. Jon lo somete físicamente. No lo muele a palos, pero lo domina. Holly le grita. Se engancha con él en intercambios de insultos durísimos. Se van hiriendo con descripciones de lo que se han hecho y se piensan hacer el uno al otro.

Muy pronto, mis padres concluyen que vale la pena invertir en mí; no como su hija, ni siquiera como persona, sino en mi calidad de experta en Juan. Cuando no quiere abrir la puerta, cuando los agrede, cuando se hace daño, cuando llora, cuando moja las sábanas, etcétera. Les aclaro, cada vez, que no lo hago por ellos.

Al final, prevalece la distancia. Es la única forma de relacionarnos con la que estamos comprometidos. Nos desquiciamos recíprocamente y la sensación flota en el aire. Nos vemos en la necesidad de establecer separaciones artificiales. Caras largas, audífonos, libros abiertos y puertas cerradas se instalan en el tiempo y el espacio que antes nos separaban.

Unas noches después de que Juan sale del hospital, me despierto entre pesadillas y me ataca un insomnio angustiante. Me revuelco en la cama, pero no logro conciliar el sueño ni tampoco pensar con claridad. Me levanto y camino en círculos en mi cuarto. No puedo dejar de pensar en esa tarde. Me asomo al pasillo y silenciosamente me acerco al cuarto de Juan. Empujo la puerta y ésta roza con la alfombra. Acerco la cara y veo a Juan dormido en su cama. Me calmo. Empujo un poco más y al subir la mirada me topo con la de Jonathan. Está sentado en la silla del escritorio viendo hacia la cama. Lo vigila mientras duerme. Nos miramos a los ojos un par de segundos. Bajo los ojos, retrocedo y cierro despacio la puerta. Me meto en mi cuarto y me encierro. Me acuesto en mi cama y me quedo dormida. Amanezco pensando en Jonathan. Juan le importa más de lo que se atreve a demostrar frente a Holly.

***

Esa tarde Terry me visita y me pide ver a Juan. Le digo que no, pero insiste con que tiene que hablar con él. Le explico que no sabemos cómo va a reaccionar, pero Terry está decidido y camina hacia su cuarto. Lo persigo y trato de detenerlo. Juan sale de su cuarto y, en cuanto ve a Terry, empieza a convulsionarse. Cae hincado y cierra los puños con fuerza. Su espalda se pone rígida y se cae de lado y golpea el piso con la cabeza. Tuerce el cuello y lo traba, se muerde la lengua, le sangra la boca, fija los ojos en Terry. Holly escucha los golpes y corre hacia Juan; grita desesperada y lo sacude. El cuerpo de mi hermano está tieso. Llama a Jon para que haga algo. Terry trata de ayudar y Holly se lo impide. Jon carga a Juan y me grita: «Todo esto es tu culpa, Josephine».

Lo llevan al hospital otra vez.

Terry y yo nos encerramos. No puedo parar de pensar en mi hermano convulsionándose. Nos besamos desesperadamente, pero no nos atrevemos a quitarnos la ropa. Sentimos culpa y pena. Son cosas que nos comunicamos con los ojos. Con palabras que no nos atrevemos a decir. Nos amamos, pero hicimos algo malo.

No sé si Terry lo entiende. Con torpeza, le explico que en ocasiones mi hermano no discierne entre lo que hacen otros y lo que él vive. Cuando está excitado, ve las cosas como si sucedieran dentro de él. Lo que quiero decir es que, para Juan, la escena de amor la protagonizamos él y yo. Terry fue un medio. Pero no me salen las palabras.

Terry me hace sentir que sabe lo que trato de decir. Me abraza y me pide perdón. Nos juramos amor eterno y el juramento incluye jamás hablar de nuestro juego con Juan.

En la noche regresan Jon y Holly con Juan convertido en un bulto. Lo arrastran entre ambos de los brazos. Holly echa a Terry de la casa a gritos. Sospecha que los ataques epilépticos y el deterioro de Juan tienen que ver con Terry y conmigo.

Durante los siguientes días me interrogan hasta obtener una explicación medianamente convincente, aunque falsa. Les digo que lo hicimos enojar y se salió de control. Es la única referencia que tienen. Intuyen que hay una mentira. Saben que Terry y yo estamos juntos en esto y probablemente perciben lo poderoso de nuestros sentimientos mutuos.

***

A los pocos días Terry falta al colegio. Por la tarde llamo por teléfono a su casa y nadie me contesta. Al día siguiente vuelve a faltar y voy a la dirección del colegio a preguntar si saben algo de él. La secretaria del *dean* me dice que lo sacaron de la escuela porque su familia se va a vivir a otra ciudad. Me quedo estupefacta. A quién creen que protegen separándonos. Holly es capaz de cosas muy crueles. La odio. Es la segunda gran certeza de mi vida.

Durante muchos días indago inútilmente sobre el paradero de Terry. Nadie me dice nada. El mundo se comporta como si no existiera. Mis padres me ignoran cuando pregunto por él. En la dirección del colegio me piden que no insista. No sé a quién más preguntarle y poco a poco acepto que desapareció. Resiento a Juan, pero más a Terry y no sé exactamente por qué. Como yo, él tampoco es dueño de sí mismo. No es cosa de levantar el teléfono. No vale la pena pensar en argumentos como «no me quiere» o «quizá conoció a alguien más», porque son ajenos a la trama de nuestra relación.

Trato de acercarme a un amigo de Terry, para investigar si sabe algo de él. Un tipo mayor a nosotros de nombre Jack que toca el bajo en una banda de punk que ensaya en la escuela: The Cool Clouds of Carina. Jack nunca me hace caso. Le sonrío y lo espero afuera de su salón, pero me ignora. Lo persigo y lo llamo y se sigue de largo, o me dice que lo deje en paz. No sé por qué me odia. Insisto porque necesito saber de Terry.

Un día me paro afuera del salón donde ensaya The Cool Clouds y me quedo escuchando. Tocan «My Friend Goo», de Sonic Youth. Me atormenta. Esa canción es mía. Se me instala en la cabeza la imagen de Juan parado en la puerta con los ojos clavados en mi nuca. Siento el recuerdo del cuerpo de Terry adentro. Canturreo la letra con un nudo en la garganta.

My friend Goo has a real tattoo
She always knows just what to do
She looks through her hair like she doesn't care
What she does best is stand and stare

She can play the drums set too
And the boys say, «Hey Goo, what's new?»
My friend Goo just says, «Hey you»
My friend Goo just says, «Hey you»

I know a secret or two about Goo
She won't mind if I tell you
She likes to wear green underwear
And lays down most anywhere

She doesn't have nothing to do
And the boys say, «Hey Goo, what's new?»

La tocan veinte veces. Treinta. Cada vez la canto más fuerte y con más rabia. Me escuchan en el interior del salón y abren la puerta. Se divierten viéndome cantar y brincar. Jack me mira con desprecio. Cuando acaban de tocar salen todos salvo Jack. Me saludan sonrientes. Entro en el salón sudando. Tengo frío. Jack afina su bajo. Dejo mi mochila en el piso, me acerco.

—Hola, Jack. ¿Sabes dónde está Terry? —Jack niega con la cabeza y levanta los hombros sin jamás quitar los ojos de su bajo. Tiene manos de hombre.

—Necesito encontrarlo.

—No sé dónde está.

—¿Por qué no quieres hablar conmigo? —pregunto genuinamente intrigada.

—Porque no.

—Sólo dime dónde está y me voy.

—No te voy a decir nada. Vete.

—¿Pero sí sabes?

— Lárgate.

—¿Por qué no quieres decirme?

— ¡Te dije que te largues, perra!

El grito me sorprende. Reculo un par de pasos y recojo mi mochila. Salgo del salón confundida y desagradablemente excitada.

9

Volví al Canterburry y ya estaba ahí el médico legista exigiendo verme. Me explicó que era claro que la causa de muerte había sido una sobredosis, porque había restos de vómito en la cavidad bucal y en las fosas nasales, lo cual era indicativo de una broncoaspiración causada por el vómito, durante o después de una crisis epiléptica, a su vez causada por la sobredosis. Otra posibilidad era que hubiera tenido un paro respiratorio por la misma razón, lo que explicaría el tono azul del contorno de los ojos y la boca.

—¿Y en ese caso el vómito en la boca qué explicación tiene? —pregunté.

—No lo sé, quizá fueron ambas cosas —contestó.

—O sea que broncoaspiró y dejó de respirar al mismo tiempo —afirmé, creyendo que decía una barbaridad que evidenciaría lo absurdo de sus tesis.

—Primero lo uno y luego lo otro, pero la causa de las convulsiones fue la sobredosis.

El médico no consideró necesario realizar una autopsia y me recomendó llamar al servicio funerario de mi preferencia. Le pregunté si no había contemplado la posibilidad de que la sobredosis hubiera sido forzada por alguien más, alguien del sanatorio, por ejemplo, por lo cual necesitaríamos llamar a la policía. El médico legista se quedó desconcertado e inocentemente preguntó: «¿Quién aquí querría matar a su hermano?».

Me alejé del médico y llamé a la policía. Estaba segura de que las cosas no podían ser tan simples. Me pareció alarmante que tomaran el dictamen de los médicos como única explicación a una muerte que pudo ser un homicidio. Mientras esperaba a que contestaran el teléfono, imaginé a un par de policías caminando en mi dirección. Me llevarían al Ministerio Público. Denunciaría al hospital y acusaría a Moore de homicidio doloso. El móvil, había que pensarlo un poco, tendría que ver con que Juan era un obstáculo a sus experimentos.

Desde que supe del embarazo de Ágata, sospeché de los médicos. Debí investigar desde ese momento. Llevaron a cabo algún experimento en el vientre de la mujer loca que cargaba al hijo de mi hermano loco y Juan se había convertido en un obstáculo.

No contestaban y volví a marcar.

El sanatorio era un laboratorio clandestino de experimentación psiquiátrica. Tendría que investigar ahora, aunque fuera demasiado tarde. Hacía años había leído un texto sobre genética del comportamiento que explicaba que las probabilidades de esquizofrenia en el feto crecían exponencialmente si ambos padres la padecían. Seguramente sería el mismo caso con otras enfermedades mentales. La mezcla de esquizofrénico, epiléptico y maniaco no suena insignificante. Quizá Moore intentó medicar al feto o a la madre y Juan se negó, o quiso intervenirlos quirúrgicamente para desafiar la teoría de los genetistas. Aunque difícilmente habrían consultado a Juan. Quizá los descubrió y por eso lo mataron. De momento me parecía una idea más aceptable que la del suicidio.

Finalmente contestaron el teléfono. Al sugerir la posibilidad de un homicidio en el sanatorio de Real del Monte, me comunicaron al jefe de la policía de la jurisdicción, un tal Carvallo. Me dijo que el deceso de John Joseph Aspers ya había sido reportado por el médico legista como una sobredosis intencional, es decir, un suicidio, y que, dado que el reporte no decía palabra alguna sobre un posible homicidio, no cabía ninguna duda.

El jefe de la policía estaba coludido. Moore le habría pagado. Su experimento era prioritario. Estaba segura. Tras mi silencio, Carvallo decidió agregar:

—Y otra cosa le digo: su hermano tuvo suerte de lograr matarse, porque de otro modo lo hubiéramos procesado por intento de suicido y a los enfermos mentales no les va bien en la cárcel.

Discutí con él a gritos, pero no había modo de hacerlo entender que no era la única explicación posible. Le dije que quizás ahí experimentaban con fetos y que Juan probablemente entorpecía su investigación ilegal y por eso lo mataron. Les dije que él era el padre del bebé de Ágata. Le pareció un disparate y repitió que el médico legista había encontrado pruebas de suicidio. Le pregunté si había oído hablar de sembrar pruebas. Lo llamé inútil. Me amenazó con procesarme por desacato. Lo acusé de corrupto y colgamos.

Caminé absorta en mi desgracia hacia el cuarto de Juan y cuando me acerqué de la puerta ya salía la camilla con el cuerpo en una bolsa y mis pruebas reposaban en el fondo del recogedor de la mucama, junto con pelos y uñas.

Ahora sí había que llamar al servicio funerario de mi preferencia.

10

Me acostumbro a pensar en Terry como el subtexto de cualquier otro pensamiento. Terry, hay que hacer la tarea; Terry, quiero fumar Pall Mall en la ventana; Terry, me gustan mis piernas, Juan aún me espía y a veces siento miedo de que quiera tomar tu lugar, siento su presencia insatisfecha, más inquieta que antes. Terry Cornwall, ¿Juan ve a tus padres? ¿Qué le hacen? No me contesta esas preguntas. Si le hablo a Juan de ustedes me empuja y se enoja. ¿Lo adoctrinan? ¿Lo intimidan? ¿Lo lastiman? ¿Me extrañas? Extraño tus dedos metidos en mis calzones.

***

Ramona me deja faltar a la escuela el día que cumplo diecisiete años. Decido pasar el día viendo televisión. Juan no viene a la casa hasta la noche. Veo películas de Lars von Trier y luego horas de pornografía pensando en Terry, pero también en gente mayor. La niña de escuela con el oficinista, la niña de escuela con el plomero, la niña de escuela con el vecino, la niña de escuela con otra niña de escuela, la niña de escuela con Jack, la niña de escuela con Terry.

Hacia la tarde me como los restos de una pasta fría y un pedazo de panqué. Estoy intranquila. Tengo taquicardia, malestar general. Afuera llueve.

Subo a mi cuarto y abro la ventana y la lluvia entra. Forma una mancha en el tapete gris. Observo cómo la mancha crece, se oscurece y brilla.

Me meto en el baño y pongo la tina. Se llena lentamente. Me desvisto y me veo en el espejo. Abro las piernas y me pongo las manos sobre el corazón, que late agitado. Ya no me sorprende mi cuerpo, pero sí mi cara demacrada. Una mueca en la boca, la sumisión delatada en la posición del cuello y la cabeza, la opacidad de la mirada.

El espejo poco a poco se empaña y me voy borrando hasta que sólo soy una mancha blanca. Desaparezco unos segundos y siento consuelo. Me meto en la tina, sumerjo la cabeza, abro los ojos. No me voy a matar, lo hago para sentirme angustiada bajo el agua sin poder respirar. Angustiada, asfixiada como ese día y los que le han seguido. Lo hago varias veces. Siento la ansiedad que busco y las emociones me alcanzan. Lloro en silencio, pero desesperada, con la boca abierta, babeando. Muevo el tronco neuróticamente hacia atrás y hacia delante para consolarme, pero no tengo consuelo. Siento mi gesto deformado y lloro hasta que ya no me quedan lágrimas. Me tallo los ojos. Me quedo dormida y me despierta el frío. Estoy mejor, aunque no me quedan fuerzas. Me siento robótica, sin sentido. Me restriego la piel. Me salgo de la tina, me seco mientras veo mi mancha en el espejo. Me siento así, como si me hubiera borrado, pero no completamente. Me visto, me cepillo el pelo, me lavo los dientes. Mi cuarto está empapado y por la ventana se asoma el sol.

Esa tarde decido que necesito una purificación personal, una venganza. Ya no puedo vivir así. Odio a Holly y a Jon y nada puede cambiarlo, pero debe haber algo que pueda hacer a modo de resarcimiento, de restitución, para que vivan en su propia piel lo que se siente perder algo que aman.

***

Pienso en muchas cosas y sólo una insiste. Estoy nerviosa. Juan marca a la casa para avisar que está por salir de su terapia y que llegará en cuarenta minutos. Le digo a Ramona que se puede ir y me responde que la señora de la limpieza no tarda en regresar. Me pide no decirles a mis padres que se fue temprano. Se ve acongojada y trato de hacerla sentir mejor. Finalmente se va. Me quedo sola.

Rompo las vitrinas con un palo de golf. Una a una se destruyen. Vuelan las vajillas, las botellas se hacen añicos. Vuelan cabezas de porcelana, vasos, candelabros, objetos de bronce. Rompo todo lo que encuentro a mi paso. Las baratijas del comedor, de la cocina. Aviento una silla contra una vitrina y se destruye aparatosamente. Saco los libros viejos y los cuadros morbosos y me corto las manos con los vidrios. Hago una pila de libros y cuadros y periódicos en el centro de la sala y busco los cerillos en la cocina.

Hago un fuego que quema lentamente. El fuego cruje, crece. Los libros se inflaman. La alfombra humea, se hace negra y chilla, la mancha crece en formas aleatorias. Los sillones se queman poco a poco, el fuego se les mete a las tripas. Las cosas se transforman. Luego las cortinas, que detesto, se enroscan como cochinillas. Se forman manchas negras en el tirol. Cuerpos fantasmales. Cierro los ojos y veo fuego. Las sombras que antes eran casi imperceptibles ahora tiemblan aterrorizadas. La madera truena bajo los muebles que se colapsan. Es muy tarde para controlarlo. El fuego es definitivo.

El calor diabólico me saca del trance. La boca me sabe a sangre. Siento una nueva asfixia, esta vez realmente peligrosa. El fuego crepita y aúlla. Abro la boca para respirar e inhalo humo. Busco la puerta. No veo nada. Deduzco el camino abriéndome paso con el palo de golf. Destruyo a golpes el cerrojo incandescente y salgo corriendo, tosiendo, excitada y feroz.

Desde la banqueta de enfrente veo el humo salir por la puerta. Tarda varios minutos en tomar toda su fuerza. Las ventanas empiezan a estallar una por una y escupen llamaradas fosforescentes. Quemo la casa. Arde como el infierno.

Salen los vecinos corriendo, tapándose las caras y gritando. Escucho sirenas a lo lejos. Se desencadena el caos. La calle está abarrotada. A lo lejos veo a Juan corriendo, buscándome entre la gente. Levanto los brazos y grito su nombre. Me ve parada en la banqueta y sonríe mientras camina en mi dirección. Nos abrazamos.

La casa arde con mayor intensidad y pienso que quizá sucede porque el fuego se alimenta de la risa de los locos.

11

El panteón inglés en Real del Monte todavía tenía espacio suficiente para los quince ingleses deformes que quedábamos, siempre y cuando tuviéramos antepasados sepultados ahí. Parte de la sucesión de Jon y Holly contemplaba la colocación de nuestros cuerpos en un mausoleo aterrador en la sección poniente del cementerio que compartiríamos con otros muertos de identidades similares. Hijos de británicos y, más tarde entendí, sindicados al sanatorio, en su mayoría loquitos y solteronas. Nuestra foto de familia.

Contraté los servicios funerarios del panteón y el velorio en una casa aledaña que vivía de peleas de gallos y muertes de ingleses. Disponer de los restos de Juan en cualquier otro lugar estaba descartado. Su cuerpo debía quedarse ahí. Quizá la ética protestante de la que renegamos con holgazanería e indisciplina finalmente rendía frutos. Enterrar a un muerto en el cementerio en Real del Monte era una atribución exclusiva de la casta británico-hidalguense. En mi caso y el de Juan: la parte final de la condena, que no se terminaba con la muerte. Pensé en mi propio cuerpo muerto. ¿Quién me traería a sepultar?

A las cuatro de la tarde el cadáver de Juan ya estaba en camino. En el sepelio estábamos Moore, los médicos deformes, las enfermeras del sanatorio, la familia Rosental y yo. La casa de piedra conservaba el frío de la montaña y el ambiente del cementerio. Las caras de nuestros anfitriones tenían algo bucólico y pesaroso que engranaba bien con el contexto. En el cuarto donde descansaba el cuerpo sólo cabía el féretro, un anaquel, dos sillas y, sobre el ataúd, una foto bajada de internet del príncipe Carlos y su esposa Camila parados en la entrada del panteón junto a una piedra con el símbolo de la fraternidad de la Rosacruz labrado en la tapa. Moore y yo ocupábamos las sillas. Ágata vestía un atuendo suntuoso de viuda preñada e insistía en estar junto al cuerpo, pero como no cabía en el cuarto, se instaló en el arco de la puerta a contraluz. El vestido revelaba un volumen de vientre importante. Sospeché que ese niño llegaría bastante más temprano de lo que la mentira de los seis meses me había permitido calcular.

Las enfermeras, vestidas de rosa, cuchicheaban en otra parte de la casa. Creí escucharlas reír. Las malditas sabían algo. Me paré de mi silla y salí del cuarto para acercarme a ellas. Al verme guardaron silencio, bajaron las miradas y se dispersaron como buenos soldados. Quizás alguna de ellas le atragantó cuarenta ansiolíticos a mi hermano. O quizá fueron todas, o una por una en fila india. Salí al patio a pensar, a esclarecer los escenarios específicos del gran panorama del crimen.

Encontré a un hombre parado frente a la puerta. Un hombre altísimo, sólido, masculino, abrigado para un funeral inglés. Era Terry. Terry Cornwall. Terry Cornwall de carne y huesos, erguido ante mí con su cara de mastín adulto.

—Siento mucho la muerte de Juan —dijo con la voz que yo recordaba.

12

Con la casa quemada, Juan y yo vivimos unas semanas encerrados con Ramona en un cuarto de hotel. Cada noche sueño con el incendio. Mis padres achicharrados, gritando, arrancándose la ropa, Terry de fuego corriendo por calles vacías, payasos pulverizados, flamas azules bailando en los pasillos del sanatorio. Despierto excitada y trato de ocultarlo, pero Juan lo sabe. Somos dedos de la misma mano.

***

Jon y Holly tienen que mentirle a la policía para que no me encierren. Les cuentan una historia sobre una fuga de gas. Los trabajos periciales son escasos y operados por corruptos, de tal modo que el peritaje dice exactamente lo que Jon y Holly quieren que diga. Me defienden con una fiereza que casi raya en la ternura, pero no me dejo conmover por su ayuda. Nunca me preguntan si fui yo. Lo asumen. Sé que no soportan el escarnio público. La humillación es su verdadera pesadilla. Pronto desaparece el problema legal. Mis padres cobran el seguro y se vuelven mis celadores.

El incendio implica gastar sumas de dinero que, a manera de castigo simbólico, toman de mi fondo académico. Holly me recrimina a diario la pérdida de sus objetos anodinos incinerados en las vitrinas. La ira y el dolor se asientan en su cara. Dice que destruí, además de su patrimonio, sus recuerdos del pasado. Sus reclamos me confirman que acerté al quemarlo todo. Le tocaba perder.

Es la primera vez que siento cercanía o identidad con mis padres, aunque es en el peor de los aspectos posibles. Los desprecio por el sufrimiento que les causa la pérdida de la casa, del mismo modo en que ellos desprecian mi sufrimiento. Ante sus ojos, mi dolor —cuando maltratan a mi hermano, cuando me quitan a Terry— es una banalidad. Resoplan y giran los ojos si me ven llorar y ahora siento empatía con ese fastidio. A mi modo de ver, es una banalidad sufrir por esa casa y sus huéspedes espectrales.

***

Inscriben a Juan en el internado del colegio y, misteriosamente, lo aceptan, a pesar de no ser realmente extranjero. El internado no es para cualquier hijo de vecino, sino para hijos de diplomáticos británicos y de ejecutivos de corporaciones inglesas. Estrictamente, Juan entra dentro del segundo grupo, pero no nos hagamos, el niño es mexicano.

No me explican cómo piensan monitorear a Juan sin Ramona. De hecho, no me dirigen la palabra. Como la escuela me importa poco, no hago mayor esfuerzo por pedir perdón y mostrarme arrepentida, pero otra vez me equivoco. «Si no te interesa tu vida, a nosotros tampoco», es el argumento de Jonathan, y no se refiere a lo mucho que he destruido, a las cosas horribles que he hecho o a lo que ha sufrido Juan por mi culpa. Se refiere al privilegio imponderable de atender a una escuela británica.

Sin casa donde dejarme y con mi fondo saqueado, me llevan a vivir con ellos a Pachuca y me inscriben en un colegio de monjas.

A diferencia de la antigua casa de Lindavista, el departamento de Pachuca es un lugar sin carácter, pero igualmente feo. Todo en la cocina es de plástico. Mi cama es un tubo cromado con dobleces. No hay nada de vidrio, nada punzocortante, nada flamable, nada valioso. Replica, eso sí, el detalle de los cerrojos en las puertas y los cajones.

El suceso del fuego me hace una pirómana peligrosa en las mentes de Jon y Holly. Un evento aislado me convierte en una enferma adicta al fuego, una criatura frenética sin misericordia ni empatía ni nada. Me niegan la posibilidad de salir sola. Voy a la escuela custodiada por empleados y lo mismo de regreso a la casa. Tengo que mantenerme lejos de la estufa y el calentador. Mis mediocres tutores hidalguenses me hablan lento y alto, como si fuera también sorda y tonta. Jon y Holly regresan de trabajar en las noches y me revisan la tarea, registran mi cuarto, me miran con desconfianza y me encierran.

Hacen bien.

Para anestesiarme o vengarme u olvidar, trato de seducir a toda persona que pisa el departamento. Necesito banalizar esa cosa atroz que me persigue. Socializarla, generalizarla, hacerla sistemática, insustancial, y separarla de mi hermano. Desde que Jack me gritó «perra» y me excité, tengo este refugio.

Cada vez que suena el timbre me preparo para la embestida. La vecina de arriba, el que cobra la renta, el vendedor a domicilio, el tutor mediocre, quien sea. Tengo una rutina que consiste en parecer una chica inocente. Poco a poco envuelvo a la víctima en un juego en el que le hago pensar que me está enseñando una lección, una cosa valiosísima. Le agradezco y le pregunto, sugerente, cómo puedo pagarle. Es más fácil de lo que suena. Sucede de todo. Muchos me insultan y me ofenden, y me dejan sola y me siento mejor. La violencia es el lenguaje de mis emociones. Otros me toman la oferta y me tratan como puta. El desprecio me calma, por lo menos hasta que llegan Jonathan y Holly.

Una tarde se aparece una tal Anne, de parte de Holly, diciendo que quiere platicar conmigo. No pongo atención y la dejo entrar, le ofrezco un café y empiezo mi rutina. Me mira desconcertada. Me repite que viene a hablar conmigo de lo que yo quiera y me dice que es psicoanalista. Me explica que normalmente no visita a sus pacientes, pero que accedió porque Holly le contó lo que pasó en Lindavista y le explicó que, por lo menos por ahora, no debo salir de mi casa. Le dijo que era una medida disciplinaria.

Me importa un bledo qué le dijo Holly. Busco un ángulo para acercarme. Elogio su blusa, le digo que el psicoanálisis es una disciplina fascinante, que debe ser muy apasionada. Es mayor. Le pregunto cosas en un tono meloso, buscando un pretexto para hacerla sentir especial. Me insiste firmemente con que platiquemos sobre mí. No parece querer jugar mi juego. No sé qué decir. Sigo intentando caerle bien, gustarle sin que se dé cuenta. Me acerco a ella. Se hace para atrás con el ceño fruncido y apretando su bolsa contra su pecho.

Mi estrategia falla. Me empiezo a aburrir. Para terminar con el asunto, me lanzo a la seducción grosera. Me quito la camiseta y le suplico que me toque. Se queda helada. Luego se empuja los lentes de pasta sobre la nariz, abre los ojos desmesuradamente y pregunta: «¿Será que eres una niña malcriada que necesita unas nalgadas?».

—Dámelas, me las merezco —contesto ofreciéndole el trasero. Le cambia la cara.

—¡Qué niña más loca! —dice mientras se carcajea aparatosamente. Avienta su bolsa al sillón para dar un par de aplausos. Todo le parece inverosímil y fantástico. Ríe tanto que me ofendo y recojo mi camiseta del piso.

Tose un poco tapándose la boca con un puño para establecer que piensa retomar la solemnidad inicial. Con un gesto de la mano y levantando las cejas me hace ponerme la playera y me pide una disculpa por su reacción. Me mira con los ojos entrecerrados, como si fuera ella la que ha encontrado un objeto valiosísimo y debe agradecerme. Me siento burlada. Me pide con entusiasmo molesto que le hable de mí.

—Malcriada o loca. ¿Qué gana? —digo tratando de confrontarla.

—¡Sarcástica! Me encantas. Dime más.

—¿Qué quieres de mí?

—Qué maravilla, también eres narcisista.

—¡Qué quieres de mí! —grito agitando la cabeza.

—Histriónica, ¡qué personaje!

—¡Vete de mi casa!

—No. Ahora sí vamos a hablar. Dame ese café que me ofreciste.

Se sienta en el sillón y se acomoda con un movimiento de las caderas que hace pensar que su intención es quedarse ahí mucho rato.

***

Desde ese día nos vemos tres veces por semana. Lo justifico pensando en que el psicoanálisis, en el fondo, es una conducta tan exhibicionista como otras que practico sin culpas ni consecuencias.

Me cuesta trabajo hablar de mi vida y le dedico mucho más tiempo a Terry Cornwall del que merece, pero nunca hablo de lo que nos pasó. Hablo de Juan con una distancia que hasta a mí me molesta, pero lo hago porque tengo miedo de mostrar mis verdaderos sentimientos, que no sé ni cuáles son. Le digo que mi vida ha sido, más que dura, fea. Que la fealdad se apoderó de nosotros desde muy pequeños y nos arrebató lo que pudo ser bueno.

Le cuento sobre nuestra casa y en su cara leo que duda de la veracidad de mis descripciones. Le digo que no se fíe de lo que ve en ese departamento común. Que no dice nada sobre mis padres, porque ya no hay nada de lo que usaban para ostentar y esa nada es lo que queda. Le cuento unas mentiras sobre Jack, lo que pasó más unas escenas eróticas que invento al vuelo.

A lo largo de ese año nos acercamos a conclusiones que, por su violencia, no puedo poner en palabras, pero a través analogías y guardando largos silencios, tomo valor para pensar en ellas.

13

—¿Qué haces aquí? —pregunté con la voz entrecortada por el balazo de dolor.

—Siempre he estado aquí —dijo avanzando unos pasos hacia mí.

Me hice para atrás. Sentí una conmoción desconocida. Hacía tiempo que había perdido la esperanza de volver a verlo. Me avasalló una serie de emociones salvajes que corrían entre el arrebato del amor juvenil y las ganas de matarlo a puñaladas.

—¿Qué haces aquí, Terry? —dije volteando a ver alrededor. Encinos, piedras, cielos borrascosos—. Algo está pasando a mis espaldas, ¿qué es?, ¿qué haces aquí?

Intentó acercarse otra vez. Estiré los brazos para asegurar una distancia que me permitiera verle la cara y admitir que se trataba de él.

—Entiendo que no me creas, pero siempre he estado aquí. Oculto, pero presente —calló un momento, para escoger sus palabras cuidadosamente.

Sabía que la siguiente frase era definitiva—. No vine antes porque verme afecta, afectaba a... Y tu querías a Juan, y yo a ti. Desde hace muchos años estoy cerca, cuidándote, buscando el momento para acercarme, pero no me atrevía. No quería lastimarte.

Me reí nerviosa.

—¿Y qué crees que he sentido los últimos veinte años?, ¿crees que no me has lastimado? Dime con quién quedaste aquí. ¿Por qué presiento que eres parte de un complot, de algo más grande que no logro descifrar? —pregunté volteando a mi alrededor otra vez.

—No soy parte de un complot. Estoy aquí por ti.

Estaba estupefacta. Negué varias veces con la cabeza, respiré hondo, exhalé hondo, di dos vueltas cortas al patio viendo el piso. Terry me observaba. Trataba de descifrar mi lenguaje corporal, calcular qué tanto podía acercarse a mí.

—Ni lo intentes —lo detuve con el dedo índice—, ¿sabes que mataron a Juan? —dije acercando mi cara a la suya. Percibí su olor y me alejé.

—¿Cómo que lo mataron? ¿No se suicidó? —preguntó desconcertado.

—Creo que no. Sospecho de Moore. ¿Sabes quién es?

—Pero me dijeron que murió de sobredosis y que encontraron las...

—Tú no sabes nada. De hecho, vete.

—No. Ya esperé demasiado.

Quise empujarlo, pero me tomó de la cabeza y me abrazó fuerte, para abrazarme en parte, y en parte para contenerme. Me resistí. Lo empujé con los antebrazos y no me soltó. Le embarré mocos en el suéter, lágrimas y la saliva que me burbujeaba en la boca. Traté otra vez de separarme, pero me sostuvo la cabeza contra su pecho y finalmente me quedé quieta balbuceando insultos.

Con la nariz en su axila, debajo de su abrigo, con sus brazos encima, sentí que se abrían de par en par unas puertas que había mantenido cerradas con el hombro durante veinte años.

Nos quedamos abrazados. Lo había extrañado tanto que me dolían los huesos. A lo lejos se escuchaban los gallos. Sentí su aliento en el cuello. El calor de su boca me quemó. La neblina subió por la montaña y se instaló entre las lápidas. Apareció a lo lejos el cancerbero e hizo una seña con la cabeza para anunciar que era hora de llevar al muerto a sepultar.

¿Cómo se había enterado de la muerte de Juan? ¿Sería cierto que estuvo cerca todos estos años? ¿Me espiaba? ¿Qué clase de cobarde hace eso? Estaba guapísimo, arrugado, canoso, varonil.

Me tomó la mano. Se la quise soltar, pero apretó fuerte.

—Mejor vete, quien quiera que seas. No tengo tiempo para ti —dije en un intento más por recobrar algún control, por mínimo que fuera, sobre lo que pasaba.

—Estás sola, Josefina. Soy la única persona que te queda. Déjame acompañarte hoy. Si después de hablar quieres que me vaya, me voy.

Era cierto. ¿Por qué lo sabía? Estaba sola ahí, sola en mi casa, sola en el mundo. La soledad me había atormentado siempre, pero tenía a mi hermano, que, aunque estaba loco, me salvaba del desamparo de sentirme una parte olvidada de un mal erradicado. Juan y yo éramos parte del mismo daño. La fracción soterrada era Terry. ¿Por qué renació, sospechoso y oportuno, justamente al perder mi prótesis de hombre? ¿Lo mataron? ¿Quién? Juan ya no estaba, pero vendría un bebé. Un hijo de Juan. Mis pensamientos se aceleraron hacia un paisaje que prometía restitución. El triángulo podría restablecerse. Me sobrecogió la imagen.

Acepté que me acompañara, porque la sensatez no te consuela en los momentos negros. Me cogió del brazo y caminamos desde el patio hasta el panteón, como si tuviera todo el sentido del mundo. La gente nos siguió. Primero el ataúd cargado en hombros por adolescentes, luego las batas blancas, las rosas, la viuda preñada, su familia y, finalmente, la gente del pueblo, testigos silenciosos de las vidas y las muertes de los ingleses asentados ahí. Nos veían pasar como quien mira una fila de hormigas fundar una comunidad en la fisura de un vidrio.

Llegamos al lugar donde nos esperaba el sepulturero. El cura habló largamente y no escuché una sola palabra. Me dieron unos claveles enjutos que sostuve contra mi pecho. Terry me acariciaba la otra mano con caricias funerarias. Las mujeres canturreaban o ululaban. La muerte lo cancela todo.

La caja bajó sostenida por cuerdas y desapareció de mi vista, pero no por mucho tiempo.

14

Mis padres, influenciados por Anne, han dejado de acosarme. Me dan permiso de hacer algunas cosas, incluso llevarme el coche a lugares cercanos. Baja la tensión y con ello, la vigilancia.

Se muere la nana Ramona. A pesar de que no pienso en ella nunca, siento algo semejante a la orfandad. Mis padres me dan permiso de ir a la Ciudad de México al funeral y llevarme el coche. El verdadero propósito del viaje es ver a Juan. Le dejo un recado con el prefecto de su dormitorio, con indicaciones del lugar, día y hora para encontrarnos.

Juan llega tarde a la librería y de la mano de una mujer. Una versión estilizada de mí. Está cambiado. Nos saludamos, nos abrazamos, nos aplastamos las caras; yo estoy boquiabierta de emoción e incredulidad. Juan voltea a ver a la mujer y le dice con una voz nueva:

—Alisa, this is Josephine, my perverted sister. She used to let me watch. Did I tell you?

Me cae un plomo de la garganta a la barriga. Juan le cuenta a la gente nuestro secreto. Esa cosa indecible por la que sacaron a Terry de la escuela, por la que lo perdí. No tiene noción de lo grave, lo secreto, lo vergonzoso, lo universalmente prohibido. Yo lo purgo con mortificación sexual mientras su inocencia lo trivializa. O quizá sea su astucia. Lo usa de anzuelo. Alisa se ríe como estúpida. Le lanzo a Juan una mano al cuello y aprieto. Con los dientes trabados de rabia le digo que se calle el hocico. Juan frunce el ceño, alza las manos y dice: «*Chill, sis*».

—No me hables en inglés, pendejo, ¿quién te crees? —siento el llanto en el cogote. Se me trepa a la boca y lo sofoco tragando saliva. Imágenes de violencia entre nosotros se atropellan unas a otras en mi mente y se detienen en la de Juan niño cogiendo a Holly del cuello y quitándose el zapato con la otra mano. De inmediato le suelto el cuello.

—*Hey, what's your problem?* —pregunta genuinamente extrañado.

—En serio deja de hablar en inglés.

Se hace un silencio. Alisa le acaricia el cuello y le pregunta en inglés si está bien mientras me reprocha con la mirada. Es más alta que yo.

Es un imbécil. Sé que soy yo la que debe cargar con el peso de los hechos, pero si sucedieron, fue por culpa de ambos. Reprimo una sarta de insultos violentos apretando los labios y en cambio le digo: «Perdóname, Juan. Luego lo hablamos».

Juan se voltea con Alisa y le dice algo en secreto. Como la estúpida que es, se ríe una vez más, aunque no puede ocultar su desconcierto. Nunca lo había visto con una mujer que no fuera yo. Su vida no se detuvo en mi ausencia, al contrario, se aceleró y creció. Por lo pronto, ha encontrado otra yo, pero sin lo doloroso y lo prohibido. No dejan de tocarse. Estoy desorientada. No sé qué pensar ni cómo comportarme.

Les propongo sentarnos en la cafetería. El incidente parece no afectar el ánimo de Juan. Lo desconozco. En otra época hubiera ameritado sangre. Caigo en la cuenta de que vivir separados es curativo. No puedo quitarle los ojos de encima. Me sonríe. No entiendo sus gestos. Ya no queda mucho del niño que espiaba por la mirilla. Finjo normalidad.

Platicamos un rato sobre discos y libros. Juan nos explica el futurismo de David Foster Wallace. Alisa está fascinada. Él sigue con una serie de interpretaciones abigarradas sobre literatura y arte. Tiene un nuevo discurso cínico y mundano acerca de su necesidad de experimentar, que justifica a través de lo que llama «la revolución de los experimentales en el arte». Nos habla de las bandas de *underground* que van a cambiar al mundo. Es un esnob, pero lo dejo hablar. Me siento mal por el ahorcamiento.

Mi hermano esquizofrénico, epiléptico, mirón, de pronto es un galán con patillas de chuleta que habla sobre la necesidad de estallar y volver a nacer.

Alisa se para a conseguir un café y Juan y yo salimos de la librería y compramos unos cigarros en un puesto en la calle. Fumamos sentados en la banqueta. Nos tardamos un rato en hablar. Le pido perdón otra vez por el ahorcamiento. Me dice que no tiene importancia ni tampoco lo de Terry. No le creo, no me cabe en la cabeza.

Quiere decirme algo, pero no se atreve. Hace preguntas tontas y un momento más tarde me busca los ojos y me da las gracias por quemar la casa. Cree que lo hice por él, para salvarlo a él. Me quedo callada y pienso que de algún modo velado quizá fue así. De cualquier manera, esa discreta gratitud es mi brújula. Nos quedamos un rato fumando en silencio. Le pregunto por su novia. Me dice que es una amiga. Me pregunta si ya me levantaron el castigo. Sonrío. Mi hermanito es moderadamente feliz. No queda más que cuidar, como se cuida la flama de una vela en un bosque, ese frágil equilibrio accidental.

Nos despedimos. Me subo a mi coche para regresar a Pachuca. No puedo dejar de pensar en el día del incesto. Quizá Juan tiene razón y debemos contarle a la gente una versión simplificada de lo que pasó, reírnos, cambiar de tema. Con suerte, quizá nosotros también acabemos aceptando ese recuerdo editado.

Holly me espera en la puerta de la casa, lánguida y borracha. Me dice que sabe de mi encuentro con Juan y trata de interrogarme. Le respondo con monosílabos y al final añado que no hay nada interesante que contar, salvo que Juan está infinitamente mejor viviendo lejos de ella.

—*Your time to leave this house is long overdue* —contesta furiosa.

15

Se acabó el funeral y volvió la necesidad de defenderse. No sabía si confiar en Terry. Me torturaba su presencia. Tenía las manos doloridas de frío y me lagrimeaban los ojos.

Insistió varias veces en quedarse conmigo y acepté, por lo menos hasta escuchar su justificación para desaparecer y reaparecer tantos años después.

Nos subimos al coche y me pidió que nos detuviéramos en algún lugar para hablar un rato. Propuse la cantina antigua de Mineral del Monte. Me estacioné en un callejón espantoso, sobre un montículo de cascajo y basura. Caminamos a la cantina en ritmos distintos, aunque ambos con las manos en los bolsillos de los abrigos y mirando el piso. Nos instalamos en la barra y pedimos de beber.

Antes me hubiera imaginado criando a un niño esquizofrénico, que sentada en un bar con Terry Cornwall. Guardamos silencio un buen rato e intercambiamos miradas incómodas a través del espejo detrás del cantinero. Había ido al funeral a darme el pésame ¿o a confesarse? Dijo que conocía mi historia. ¿Sería posible que hubiera permanecido en ella? Era el mismo con el que hice el amor. El que desató la maldición que arrastró todo a su paso e hizo de la posibilidad del amor una aberración sin nombre. El gesto en el espejo detrás del cantinero era el que busqué en las ventanas, en las esquinas de las calles, en los sueños, en los amantes sin cara, en las miradas vacías de los locos del sanatorio. La cara del gordito descarado de los Pall Mall; ahora resultaba que siempre estuvo ahí.

Me recorrió con los ojos y se detuvo en mis muslos. No supe interpretar todas sus expresiones, pero sentí que me deseaba.

Tras el primer trago de la segunda ronda, giró su cuerpo en dirección a mí. Como un reflejo, el mío respondió. Nuestros pies se alinearon; las rodillas, las caderas, la energía sexual, los hombros y los ojos se engancharon. Sentí el acicate de un duelo y me volvieron las ganas de aplastarlo como cucaracha, pero Terry se decidió por fin a hablar y tuve que controlarme.

—Te voy a contar algo, pero no quiero que me interrumpas. Déjame llegar al final antes de tomar cualquier decisión. Quiero que escuches por qué no pude acercarme antes, y también que sepas que siempre quise.

Mis pensamientos deambulaban por lugares peligrosos. Terry siguió:

—¿Tu sabías que mi padre era psiquiatra de Juan?

—Sí —dije dudosa— o más bien no. Pensaba que tus padres eran unos psiquiatras interesados en él, nada más.

—Mi papá era su psiquiatra. Juan le contaba todo. Cuando salió del hospital, le dijo que se acostó contigo. Juan, contigo —dijo modulando la voz y viéndome con una pasión que tenía visos de odio—. Mi papá me interrogó, primero a gritos y luego a golpes. Tuve que confesar lo que te prometí que nunca confesaría. Le dije que nos vio, que estuvo ahí todo el tiempo mirando y que nos dimos cuenta cuando ya era muy tarde. Le dije la verdad porque sentí miedo por nosotros. Primero pensó que eran mentiras y me amenazó, pero después de hablar más con Juan aceptó que era cierto. Lo llamó «incesto a través de un tercero». Juan había modificado la escena para satisfacer sus deseos. Me dijo que una persona con la psique de Juan jamás se repone de algo así. Para él, yo había sido una especie de comodín, un cuerpo que hacía lo que él quería. El ataque epiléptico dañó aún más su capacidad de comprender y probablemente selló para siempre su convicción de que vivió en carne propia lo que vio. Decidió sacarme de la escuela y encerrarme hasta que tú y Juan se olvidaran de mí. Luego salió con que yo había dado muestras irrefutables de exhibicionismo y que me lo iba a quitar con distintos tratamientos. Quería darme progesterona, según él para domar la desviación que me había llevado a exhibirme. No había forma de hacerlo entender que no fue así. Me puse a buscar como loco y encontré unas notas que decían, entre otras cosas, que un adolescente hombre, sometido a un tratamiento de progesterona, deja de crecer, le cambia la voz, le crecen pechos, pierde pelo y, en ocasiones, se desconoce a sí mismo. Me asusté. Le rogué a mi mamá que me ayudara. Mi mamá lo convenció de que no me diera el tratamiento, pero a cambio me pidió que jamás te buscara. Me amenazó con que si decía tu nombre siquiera le diría a mi papá y el trato se acabaría. Me juré buscarte. Pasó el tiempo y, aunque no me trataron con progesterona, terminé por desconocerme, porque no te busqué. El miedo me paralizó. Mi papá me sometió. Eventualmente me acostumbré a mi encierro, a pensar que tú me olvidarías y a aceptar que para él Juan era más importante que yo.

Nuestras rodillas se tocaron. El incesto, los castigos ejemplares, la arrogancia de los psiquiatras, la medicación rampante eran tan parte de su historia como de la mía.

—En cuanto pude me fui de mi casa y corté lazos con mis padres. Conseguí un trabajo cualquiera y renté un cuarto. Pasé esos años adormecido, pensando en ti, dudando de todo, hasta que un día te vi caminando en la calle del brazo de un tipo. Sentí que me tragaba la tierra. Primero pensé que era Jonathan, pero luego le acariciaste la cara y le diste un beso. Él metió las manos dentro de tu abrigo. Sentí repulsión, pero seguí caminando detrás de ustedes. El tipo se metió a una estación del metro y tú caminaste hacia tu coche y te subiste. Te seguí en un taxi hasta que te estacionaste. Fui detrás de ti y pensé en alcanzarte, pero no me atreví. Estabas muy guapa con tu vestido gris y tu pelo negro. Entraste en un edificio y esperé. Prendiste una luz. Te vi fumar en la ventana y minutos después vi a Juan. Me di cuenta de que no había dejado de odiarlo y de que a ti te seguía queriendo. Te empecé a seguir. Estabas dedicada a Juan. Lo odiaba, es la verdad. Me alejó de ti. Yo lo odiaba y él era tu vida. No podía acercarme a ti mientras Juan y tú siguieran juntos. Cuando lo internaste en el sanatorio intenté acercarme un par de veces, pero te veía regresar destrozada de las visitas y me sentí como un oportunista. No sé qué más decirte. Me faltó valor.

—No puedo creer que me espiaras. No puedo creer tampoco que no me buscaras. Debiste buscarme. Pudimos hacer algo para reparar el daño, pero ya no. Juan ya no tiene vida —dije sarcástica—. ¿Tú lo mataste?

Me miró fijamente.

—¿Vas a insistir con eso?

—Tal vez.

—Por favor, no lo hagas.

—Te agradezco que hayas venido a velar a Juan y que me cuentes tu vida, pero no pienses que por ti van a cambiar las cosas aquí —dije agresiva—. Sospecho que mataron a Juan y quizá no fuiste tú, pero fue alguien. Probablemente Moore. Mi hermano no se hubiera atrevido. No lo creo, no lo veo y no tiene sentido. Estaba contento. ¿Sabes que va a tener un hijo? Hay una loca embarazada en el sanatorio. Según los psiquiatras es de Juan.

Me tomé un momento para pensar y seguí.

—Me gustaría centrarme en tu historia. Nunca me imaginé esto. Es importante escucharte y decidir si te creo, pero ahora mismo tengo que desenterrar a mi hermano.

16

Antes de terminar la preparatoria, presento exámenes de admisión en dos escuelas de Historia en la Ciudad de México. Anne me ayuda a prepararme. Se vuelve mi mentora en el sentido más amplio posible. Me aceptan en ambas y escojo la más cara. Jon y Holly me deben. En cuanto se formaliza la inscripción, me informan que han decidido vender su departamento de Pachuca y comprar otro en la Ciudad de México para Juan y para mí. Quieren pasar una temporada en Inglaterra a modo de retiro voluntario. Les pregunto quién se hará cargo de Juan durante su viaje y me contestan que yo, que ya han preparado los papeles para asignarme la tutela de Juan y me explican que es una figura legal mediante la cual yo tengo la última palabra en todas las decisiones que le conciernen. De momento no me parece descabellado, aunque sí excesivo.

La última vez que vi a Juan estaba recuperado, y confío más en mi criterio que en el de ellos, pero no entiendo por qué tenemos que firmar papeles. Lo hablo con Anne y me motiva a que haga a mis padres todas las preguntas que me dé la gana. Me convence de que lo peor que puede pasar es que no me las contesten.

La tarde que me llevan a la notaría, mientras esperamos en la sala de firmas a que aparezca el notario, le pregunto a Jon si realmente hace falta firmar papeles para dejarnos solos unos cuantos meses, durante los cuales, salvo unas semanas en el verano, Juan viviría en el internado.

—No sé si van a ser unos cuantos meses, Josephine —contesta Jonathan con su hostilidad habitual—; tu madre y yo tenemos muchos asuntos que atender en Inglaterra. Prometemos visitarlos, pero me temo que no vamos a pasar temporadas largas en México durante los próximos años.

Me quedo de piedra.

—¿Se van a regresar a vivir a Inglaterra? Juan tiene quince años. No se pueden ir a vivir a otro país y abandonar a un menor.

—No se queda solo. Se queda contigo. Y quemaste nuestra casa, ¿dónde quieres que vivamos?

—¡Yo no soy su mamá! —digo gritando y señalando a Holly, que simula leer en otra parte de la sala—. No puedo ni quiero cuidarlo. No es mi responsabilidad.

—Es eso o el sanatorio en Real del Monte.

—Ni siquiera sabes cómo está. Quizá ya se curó y tú lo consignas al manicomio o nos arruinas a ambos creando una dependencia legal entre nosotros.

—La dependencia legal es lo de menos. Juan es tu hermano y sí sé cómo está. Hablo con su médico una vez por semana. Está fuertemente medicado y su condición se ha agudizado. Él recomienda que tú te quedes a cargo, dada la situación. Nosotros simplemente no podemos. Tu madre necesita distancia. El estado de Juan la afecta demasiado.

—Me importa un bledo. ¡Es su hijo!

En ese momento entran el notario y un secretario. Nos saludan con gran formalidad y nos explican que en una sesión subsecuente se hará el nombramiento de la tutora ante un juez de lo familiar. Yo estoy furiosa y los hostigo con preguntas sobre los papeles que estoy por firmar y a cada oportunidad acuso a Jonathan de mentiroso, irresponsable, abusivo, abandonador, maldito. A Holly, de fría, déspota, inhumana. El notario separa legajos de papel sin voltear a vernos una sola vez y los coloca sobre la mesa frente a las sillas. Contesta mis preguntas a conveniencia de Jonathan y Holly. Ignora mis acusaciones y vuelve al tema del juez familiar.

Después de gritarles un buen rato, me desplomo en un sillón y acepto que se haga la lectura. El secretario lee los términos de la tutela y el establecimiento de una comisión mensual a mi favor y un acuerdo privado en donde me comprometo a ejercer la tutela sobre mi hermano a partir de mi cumpleaños dieciocho, que acababa de pasar.

Firmo un documento tras otro pensando que nuestros padres nos van a abandonar. Van a desaparecer legalmente de nuestras vidas, con premeditación y las salvaguardas necesarias para que no exista en ello delito, dolo o rastro de la maldad y el egoísmo con que nos han maltratado desde niños.

Volteo a ver a Jon y tiene una mueca desagradable, torcida, una mueca fea que oculta otra peor. En el coche le grito que nunca voy a volver a hablarle. Jonathan no dice nada. Saca un cigarro y lo enciende, abre el vidrio del coche y se lo fuma despacio. Pienso en Anne. Lo peor que puede pasar no es que no te contesten, sino que contesten con crueldad a tus preguntas desesperadas y a tus declaraciones más valientes, que reaccionen con indiferencia.

El proceso judicial de incapacitación de Juan ya había sido solicitado y la sentencia estaba próxima a dictarse. Pronto un juez del tribunal familiar me declararía tutora de mi hermano.

Sustituyo forzadamente la ira por las ventajas de ser liberados. Siento cómo la presencia de esta nueva idea va soltando poco a poco los grilletes. Sospecho que cuando Jon y Holly desaparezcan de mi vista, será para siempre. Ejercer la tutela de mi hermano parece, de repente, un boleto doble a la emancipación.

Esa misma semana me busca el contador de los ingleses para mostrarme opciones de departamentos en la Ciudad de México, previamente aprobadas por Holly. Regalarnos un lugar dónde vivir es la forma de ocultar el abandono. Un soborno. Veo con detenimiento las fotos de cada uno. Me insiste en que tengo que conocerlos en persona, pero no tengo tiempo. Estoy ocupada con trámites bancarios, audiencias ante el juez, estudiando los alcances de mi nueva situación económica y familiar.

Mi hermano tiene quince años y yo dieciocho. Mando al contador a ver los departamentos y le pido reportes detallados. Semanas más tarde me entrega un sobre con los reportes, pero está convencido de que debo comprar el de la calle Bahía del Espíritu Santo. Me lo describe, entre otras cosas, como «un lugar apropiado para mí». No abro el sobre y el trámite de la compraventa inicia al día siguiente.

***

Me mudo a Bahía del Espíritu Santo y el departamento resulta ser todo lo que el contador dijo que era. Viejo, luminoso, de techos altos con molduras de escayola y pisos de duela. Las puertas pesan como muertos. Los dueños anteriores dejaron un tapete gigantesco enrollado en una esquina de la sala. Los extiendo, tiene tejido el dibujo de un ciervo con las patas frontales dobladas, como en ovación o derrota.

Hago traer de Pachuca mi cama cromada y otros objetos de primera necesidad. Mi cama queda al centro del tapete del ciervo arrodillado, al centro de la sala de ventanas enormes y candeleros mutilados. Estoy satisfecha con mi nueva casa.

Cuando llega la fecha acordada para despedirnos de Jon y Holly, paso por Juan a su internado. Juan tiene el cerebro profusamente lavado por su psiquiatra y está convencido de las bondades de la decisión de nuestros padres de abandonarnos. Juan piensa que no nos abandonan, sino que nos encomiendan nuestras propias vidas porque confían en nosotros. Le oculto que me las encomiendan sólo a mí. En el coche discutimos sobre el tema y estamos a punto de pelear, pero nos detenemos a tiempo. Le cuento sobre nuestro departamento y Juan disfruta mis descripciones excesivas y fantasiosas. Fuma y me pide detalles.

Llegamos al aeropuerto. Jon y Holly nos esperan parados en la calle con sus maletas. Estacionamos el coche y caminamos hacia ellos. Yo no volteo a ver a Jonathan y me despido de mi mamá sin ceremonia. Holly me pide que sea buena con mi hermano. Me sale del alma una carcajada y al final asiento con la cabeza. Jonathan le extiende a Juan la mano y él se le avienta en un abrazo cariñoso. A los cuatro segundos lo jalo de la chamarra con el pretexto de que tenemos que irnos. Holly le extiende la misma frialdad que Jon y él se despide con el mismo entusiasmo. Los vemos desaparecer por la puerta de salidas.

17

—¿Se le puede practicar un examen toxicológico a un muerto? —le pregunté a Terry—. Hay que desenterrar a Juan.

—En una autopsia seguramente, pero exhumar un cuerpo para sacarle sangre, no. No se puede. Exhumar cuerpos es un delito. Supongo que la policía puede, pero no tendría sentido.

—No —interrumpí—, hay que exhumar el cuerpo de Juan. Vi algo esta mañana —dije mientras la imagen del cuerpo muerto de Juan se materializaba en un recuerdo atroz—. Tenía picado el brazo. Quizá le suministraron algo por la vena. Si murió de sobredosis, fue por la vena. Hay que desenterrarlo. ¿La sangre nos puede indicar si fueron pastillas o solución?

Terry me veía horrorizado.

—Sí, o más bien, no sé, pero el piquete pudo ser del día anterior. Estás muy cansada. Pensamos juntos mañana.

—No. Estuve con él ayer en la mañana y lo observé un rato. No tenía picada la vena. En el sanatorio tienen prohibido suministrarle cualquier cosa por la vena. Juan era adicto. Las venas no se tocan. Voy a exhumar su cuerpo y tú me vas a ayudar. Lo mataron por la vena. Eso pasó. Diazepam por la vena.

—Lo siento, pero es absurdo —contestó—, no vamos a exhumar el cuerpo de tu hermano para ver si tiene picado un brazo. Es una locura.

—Exhuman cuerpos para quitarles un reloj. Mi hipótesis es que mataron a Juan y es la única prueba que se me ocurre. Vas a venir o te vas a largar.

Terry bajó la cabeza y acalló un rugido de frustración. Lo presioné con la cara y con el cuerpo. Con toda mi energía y mi deseo. Tenía que compensarme. Me lo debía.

Salimos de la cantina y caminamos al coche con la mirada clavada en el piso y las manos en los bolsillos. Nos imaginé entre la bruma con pala al hombro. Al llegar al coche, Terry intentó disuadirme, haciéndome ver lo que implicaba una exhumación en términos logísticos. Me enojé y me sacudí y le grité que era un cobarde. Traté de subirme al coche y me acorraló contra la puerta cerrada. Le escupí, pero lo que realmente quería hacer era lamerle la cara.

—¡Malcriada! —gritó mientras se limpiaba con la manga del abrigo. Me acordé de Anne y sonreí.

El adjetivo «malcriada» me sentaba como ninguno. Me cogió de los brazos y me sostuvo contra el coche mientras yo protestaba. Con la mayor paciencia de la que fue capaz, me explicó que conseguir palas e instrumentos para recolectar sangre a esa hora en el pueblo era, para empezar, absolutamente imposible. Que una prueba obtenida ilegalmente no sirve para nada. Quizá la única farmacia abierta en treinta kilómetros a la redonda nos vendería una jeringa y un frasco que obviamente sería inadecuado para el cultivo. Especularían sobre qué uso le daríamos a la jeringa. Alguien aportaría el dato de que la mujer inglesa que compró las jeringas es hermana del muerto y que el muerto se suicidó. Mientras tanto nosotros estaríamos consiguiendo palas prestadas o robadas. ¿De dónde te robas palas? ¿A quién se las pides? Llegaríamos al panteón a tratar de convencer al cuidador de desenterrar un cuerpo. Un tipo que, por cierto, hace recorridos por el panteón. De eso vive. Se negaría y probablemente recordaría que, entre las historias que conoce, está la de la única exhumación que ha visto el panteón de Mineral del Monte, la del cadáver de una niña, hace como cien años. En el remoto caso de que el cancerbero aceptara tres mil pesos a cambio de su silencio, éste duraría poco. Nosotros habríamos pasado la noche cavando tres metros de lodo fresco, que empantanaría la tumba, quizá también las tumbas aledañas, para eventualmente tratar de abrir un ataúd que no sabemos si está sellado y si logramos abrirlo con un pico, que no tenemos, y transgredir el sepulcro de Juan para sacarle sangre. ¿Cómo? ¿Cuánta? Todo para perder la muestra por no tener puta idea y al día siguiente ir a dar a la cárcel.

—No vamos a exhumar ningún cuerpo. La prueba que estás buscando no está en la sangre de Juan. Pensemos mejor. Además, ¿por qué lo matarían?

No contesté a su pregunta. Mi teoría necesitaba tiempo. Tuve que reconocer que tenía razón. Que esa noche no desenterraríamos el cadáver de mi hermano por las razones que me dio, por otras muchas, pero sobretodo porque él no estaba listo. Lo que no le dije fue que no pensaba desechar la idea de exhumar el cuerpo de Juan. Si lo habían matado necesitaba saberlo y sólo el cuerpo lo podía probar.

Nos subimos a mi coche y manejé hasta Pachuca en silencio. Terry veía por la ventana y de vez en cuando me tocaba la mano.

Me estacioné frente a mi departamento y me bajé. Terry se bajó detrás de mí, me siguió de cerca, subió las escaleras, entró a la casa detrás de mí y cerró la puerta. Me encerré en el baño a pensar. Cuando salí, Terry estaba sentado en mi cama. Se puso de pie y se acercó. Nos quitamos la ropa sin decir una palabra y nos tocamos las caras con las yemas de los dedos.

18

Las visitas no suceden. Casi un año después de la despedida estoica en el aeropuerto, recibo un telefonazo. Se presenta: es la hermana de Jonathan, se llama Cornelia. En su voz hay una familiaridad que me molesta. Me dice que ha visto fotos nuestras, que nos vemos como un par de muchachos formales. Su comentario me parece una estupidez y le pregunto a qué se debe la llamada. Me dice, con voz grave, que ingresaron a Holly en el hospital con pancreatitis. Le habían diagnosticado cirrosis desde hacía tiempo. La operaron. Me dice que, lamentablemente, *she passed away*.

—*She died in the hospital.*

—¿Está muerta? —pregunto incrédula.

—*Yes. Yesterday evening.*

—¿Entró al hospital con pancreatitis y se murió durante la operación?

—*Yesterday evening.*

Pero eso no es todo. Jonathan se pegó un tiro en la cabeza.

—*So he's dead too?*

—*Early today.*

—¿Holly se murió en el hospital y mi papá se mató?

—*Yes, today. I'm sorry for your loss, dear child.*

—¿Dónde se mató?

—*What do you mean, dear?*

—¿En qué lugar?

—*In my backyard.*

—*He shot himself in the backyard?*

—*Yes, he did. I'm sorry.*

Me dice que la familia está devastada. Que llevaban toda una vida a la espera de que regresaran y que, tan pronto se instalan, Dios se los quita.

¿Qué familia? ¿Jon y Holly tienen más familia? ¿Hay más hermanos? ¿Es mi familia también? Se disculpa por tener que darme esta noticia.

Cierro los ojos. Imagino a Holly extendida en la cama de un quirófano vacío, con su vestido negro desgarrado y un borbotón de sangre saliéndole del pecho convulso. Al fondo del quirófano hay un jardín. Me acerco y veo un roble. Los sesos blancos de Jonathan escurren de sus hojas.

Cornelia repite que lo siente mucho, que es una tragedia para todos.

Es extraño nunca haber pisado Inglaterra y que una desconocida me hable desde ese país, para anunciarme la muerte de mis padres. Me cuesta trabajo creer que estén muertos, pero no me sorprende. Sus vidas no tenían derrotero. Lo deseé muchas veces, lo imaginé a detalle en distintos contextos. Los imaginé ahogados, quemados, envenenados y torturados. En alguna ocasión los maté yo misma, pero la realidad tiene este modo implacable de imponerse. Se mataron. Tengo la misma sensación que tuve cuando de niña me quitaron unos lunares del brazo. Ahora están, ahora ya no están.

Cornelia me da los detalles del funeral. Me pide que estemos ahí. Ella y su marido se harán cargo de nosotros. Me dice que finalmente podremos probar un *pastry*. Le digo que se llaman pastes y que no me gustan, pero accedo a ir al funeral.

Cuelgo con Cornelia y me quedo pasmada un buen rato. Mis padres están muertos. Muerto el perro se acabó la rabia. Me pregunto si la sensación que me queda es pena, pero sospecho que es hambre. Tengo dolor de estómago. Me preocupa mi hermano. Qué pasará con él. Es posible que sufra el dolor de una orfandad normal. No tiene referentes. Para él, Jonathan y Holly son los padres universales, los únicos posibles. Los odio con odio renovado. Quizá Juan pueda enseñarme cómo se siente la orfandad.

Estoy tentada a mentirle. Decirle que murieron en un accidente o que se comieron algo envenenado. La tentación crece, pero me da miedo que me descubra. Si mi hermano se da cuenta de que le he mentido, no me perdonará, y si tengo que vivir con la mentira, entonces yo no seré capaz de perdonarme. Qué ordinario dilema.

Decido ir al internado a decírselo en persona. Me recibe el prefecto y manda llamar a mi hermano. Espero un rato a que llegue y mientras tanto pienso cómo comunicarle la muerte de sus padres. Veo entrar a una pandilla y entre ellos está Juan. Me paro. Se percata de mi presencia y se separa del grupo para acercarse a mí.

—¿Qué haces aquí? Me llamó el prefecto. ¿Qué quieres? —me dice entre avergonzado con sus amigos y desconcertado.

—Tengo que decirte algo. Vamos a sentarnos.

Nos apartamos de las miradas y nos sentamos en unos pupitres cerca de una ventana.

—Juan, no sé cómo decirte esto.

—¿Llamaron Jon y Holly?

—No, pero sí hubo una llamada. Cornelia, la hermana de Jonathan, llamó hace un rato para darnos una mala noticia.

—¿Jonathan tiene una hermana?

—Holly y Jon murieron, Juan. Ayer Holly, y Jon esta mañana. Se murieron y pues, nada. Se murieron.

Juan no contesta, pero me mira incrédulo. Aprieta los labios.

Ante su silencio sigo:

—Al parecer Holly estaba enferma. Pancreatitis. Y Jon no pudo, no quiso quedarse solo.

—*You are fucking with me.*

—No. Acabo de hablar con la tal Cornelia. Ella me dijo todo esto. Están muertos. Lo siento Juan —le dije tocándole un hombro.

—¡No me toques! —dijo empujándome el brazo—. ¿Jonathan no quiso quedarse solo? ¿Qué estás diciendo?

—Al enterarse de la muerte de Holly, Jon se suicidó. Se pegó un tiro en la cabeza. Lo siento mucho, Juanito.

Su cara adoptó un gesto que yo conocía bien. Dolor, horror, locura. Se le entumieron los dedos, los ojos se le nublaron, la yugular le saltó del cuello y la boca empezó a temblarle. Le tomé una mano rígida y entrelacé mis dedos con los suyos.

—Volamos el sábado a Londres para conocer a su familia y estar en el funeral.

—¿No somos su familia tú y yo? —preguntó.

19

Amanecí amalgamada a un cuerpo extraño, sudando y con la boca pegada por dentro. Recordé la noche anterior con horror y culpa. La muerte de Juan era real y el advenimiento de Terry, el producto de una larga invocación. Me senté en la cama y me quise morir.

Tomé mi teléfono y busqué el número de Anne. Me paré, me vestí y salí en silencio. Sin necesidad de voltear, sabía que Terry estaba despierto y mirando.

Anne me contestó de inmediato y me dio sus condolencias. Me dijo que no fue al funeral porque apenas se había enterado de la mala noticia. Me repitió cuánto le apenaba la muerte de mi hermano y me preguntó si necesitaba compañía.

—Ahora no —contesté contundente. No tenía sentido dejarla hablar—. Estoy con alguien. Con Terry. Ayer llegó al funeral. Está en mi cama.

Se hizo un silencio.

—¿Terry, tu compañero de la secundaria? —dijo evitando usar una referencia más precisa y, así, evadir una determinada conversación.

—Anne, creo que Juan no se suicidó. Yo creo que lo mataron. Que le inyectaron lo que sea que tenga una inyección letal. O si se mató, quizá pudo ser sobredosis de heroína, pero en ese caso, para qué inventar que se suicidó con diazepam. No lo veo tragándose un bote de ansiolíticos. Algo pasó que no me están diciendo.

—No necesariamente, Jo. Juan era impredecible, como cualquier esquizofrénico. Pudo haberle pasado casi cualquier cosa. Un ataque de pánico, un brote psicótico, en fin. La decisión de tomar una cantidad mortal de ansiolíticos pudo deberse a un sinnúmero de cosas.

—No te llamo para que me eduques en materia de esquizofrenia. Quiero comprobar que tiene una marca en el brazo, una herida en la vena por donde le inyectaron la sustancia que lo mató. Según ellos se tragó cincuenta pastillas, pero ayer en la noche, después del entierro, tuve una visión. Vi el brazo de mi hermano muerto y noté que tenía una cicatriz en el antebrazo, exactamente como la que te deja una inyección.

—¿La viste?

—Creo que sí. En la noche me acordé.

—Pero ya lo enterraron.

—Lo quiero desenterrar.

—¿Para buscar un piquete en un brazo?

—Exacto. Tenían prohibido picarle el brazo por sus problemas de adicción.

—¿Esto tiene algo que ver con Terry? —me pregunta en busca de razones para explicar mi comportamiento.

—Claro que no. Terry es otra historia que ya te contaré. El asunto urgente es Juan. De verdad creo que lo mataron.

—¿Quieres desenterrar a tu hermano para buscar si tiene marcas de un piquete en el brazo?

—Sí, ya te lo dije.

—No creo que ésa sea la razón por la que quieres desenterrarlo. Estás construyendo razonamientos y justificaciones que te funcionen para esconder el hecho de que necesitas volver a verlo ahora que está Terry. Crees que sólo ante la presencia física de Juan, Terry y tú pueden ser redimidos del pasado. No sé bien, pero no te engañes. Es mejor que admitas que lo quieres ver por última vez, con Terry a tu lado, y que tus sospechas son un pretexto.

—¿Por qué siempre haces eso? Tan pronto encuentro algo en lo que creo, me desarmas. ¿Qué tiene que ver Terry? Apareció ayer. Antes de verlo yo ya sospechaba que lo habían matado. ¿Para qué me confrontas con esa tontería?

—Porque el autoengaño suele convertirse en decepción.

***

Regresé a mi cuarto, Terry se estaba vistiendo. Le dije que tenía que ir a la policía y me preguntó si pensaba insistir con lo mismo de la noche anterior. Asentí con la cabeza. Se acercó a mí y me tomó las manos. Le dije que si convencía a la policía de exhumar el cuerpo, necesitaba que estuviera ahí conmigo. Tal vez Anne tenía razón, pero no podía distraerme con eso.

Terry estaba incómodo con mi plan, pero pensó que no lo lograría. Me dio su tarjeta para que lo buscara más tarde. La examiné:

TERRY CORNWALL
RELACIONES PÚBLICAS
CLUB BRITANIA

***

Anne hizo todas las averiguaciones pertinentes y jaló los hilos necesarios para que me atendiera el licenciado Carvallo, el mismo personaje con el que había hablado el día anterior, cuando quise denunciar el potencial homicidio de mi hermano. Fuimos juntas a su encuentro y nos recibió en la calle para evitar ser escuchado.

—Señora, su acusación es muy grave —dijo mientras se subía los pantalones con ambas manos—. Desde ayer anda con esto. Ojalá esté segura de lo que vio.

Le expliqué mi teoría y garrapateó unas notas en su libreta. Nos pidió un momento para hacer unas llamadas y nos quedamos paradas al rayo del sol. Anne me tomó del brazo y repitió la frase de Carvallo: «Ojalá estés segura de lo que viste, Jo».

Carvallo regresó con la cara fruncida. Había hablado con el médico legista. Éste no había podido asegurarle que el diazepam no le había sido suministrado por la vena al susodicho. Autorizó la exhumación inmediata del cadáver y más tarde me enteré de que también había aceptado el soborno correspondiente.

Llamé a Terry. Se quedó pasmado. Como Anne, desconfiaba de mis motivaciones, pero me quería cerca y al final aceptó verme más tarde en el cementerio.

***

Los enterradores cavaron un buen rato mientras mirábamos. El panteón tenía un modo íntimo de devolver la mirada. Los espectadores compartíamos un solo estado de ánimo.

Escuché cómo una pala golpeaba contra algo sólido. Uno de los enterradores se metió en el hoyo de un salto y empezó a sacar tierra con las manos. Las nubes otra vez se instalaron entre las lápidas.

Tras una señal, los otros dos aventaron cuerdas al agujero que habían cavado y el hombre de adentro intentó amarrarlas a las esquinas de la caja. Escuché golpes secos. El cadáver daba tumbos dentro del ataúd. Dos minutos después, el hombre del agujero nos informó que no se podía sacar la caja. La tierra estaba demasiado húmeda y tendríamos que abrir el ataúd y extraer el cuerpo.

Me acerqué al sepulcro caminando lentamente y nadie me detuvo. Terry me siguió. El hombre del agujero abrió las piernas en compás para apoyarse y escuché las bisagras de la tapa rechinar antes de verla abierta. El cuerpo de Juan descansaba al fondo. Juan de goma. De la comisura de la boca le salían dos hilos blancos de saliva seca. El hombre levantó a Juan de los brazos y la cabeza le quedó colgando hacia mí, con uno ojos que, de estar abiertos, me habrían mirado suplicantes. No sentí dolor. No sentí otra cosa que el más oculto y miserable de los consuelos de este mundo.

Una vez que el hombre logró alzar medio cuerpo, bajó otro para ayudarle a levantarlo. El primer hombre nos informó que el cadáver estaba muy pesado; no podrían sacarlo sin amarrarlo.

Pregunté si, en vez de subirlo, podríamos bajar a recabar las pruebas. El detective le hizo una seña al médico legista. El médico, al intentar bajar, pisó muy cerca de donde estaban parados los hombres que sostenían el cuerpo y se les resbaló. La cabeza de Juan pegó con el costado de la caja y rebotó.

El médico le sacudió la tierra de la cara y le quitó el saco ayudado por los otros hombres. Le alzó la manga derecha y le examinó el brazo. No encontró nada. Le dobló la otra manga y tampoco encontró huellas de piqutes de aguja. Levantó la cara buscando la del detective. Carvallo lo miró y el médico negó con la cabeza.

—¿Los tobillos?

El detective resopló. El médico se puso en cuclillas, recorrió los pantalones de las piernas y le bajó los calcetines. Un minuto más tarde volvió a negar con la cabeza.

Pregunté si podíamos sacarle sangre para hacerle un examen toxicológico. El detective dijo que por ningún motivo. Que la condición para examinar mi teoría no se había dado.

El cadáver volvió al fondo de la caja, desfajado, sucio, con los hombros chuecos y el pelo en la cara. La posición de sus piernas había dejado de parecer humana. No había descanso en la imagen. Un cadáver manipulado sustituía al que sepultamos el día anterior.

—Perdóname, Juan. Juan, perdóname, perdóname, Juan —repetí varias veces en voz baja. Me avasalló un mar de dolor. Cerraron la caja y volvió a la oscuridad de la tierra. Lo enterraron otra vez.

Me quedé hincada a unos metros del sepulcro. Se hizo de noche antes de que terminaran. Recordé una frase que decían mis profesores: «Somos los arquitectos de nuestro destino». Qué tétricos diseños elegí para el mío.

20

Juan y yo volamos a Londres al sábado siguiente. Quedamos de ver a Cornelia en el aeropuerto. No sabemos qué esperar. En el área de salidas, se acerca a nosotros una mujer enjuta vestida de negro. Nos abraza, llora, nos da el pésame. Juan y yo nos volteamos a ver desconcertados. No tenemos palabras. Tiene las manos curtidas y la piel de la cara roja. Usa un velo en la cabeza. Nos mira con extrañeza. Confiesa que nunca antes ha conocido a nadie de México. Le sonrío. Estoy deslumbrada por la arquitectura del aeropuerto, por la concentración descomunal de acentos británicos.

Tomamos el tren a Mánchester. Ella quiere conversar, pero Juan y yo no podemos hacer otra cosa más que ver por la ventana, absortos en el paisaje del país que dejamos antes de poder recordarlo. «¿Por qué nunca hemos estado aquí?», pregunta Juan varias veces durante el camino. No contesto. No conozco la respuesta.

Dos horas y media después llegamos a Mánchester. Cornelia quiere caminar y nos advierte que la casa está lejos. Ofrezco pagar un taxi, pero se niega. Dice que es un gasto innecesario. Los primeros minutos caminamos entusiasmados entre edificios colosales. Por todos lados vemos tranvías, anuncios luminosos, ríos de gente. Poco a poco vamos dejando atrás el barullo del centro de la ciudad para adentrarnos en barrios solitarios. Cruzamos un patio industrial, unas canchas de futbol en mal estado y una serie de callejones. Cornelia renquea, aprieta su bolsa de mano. Llevamos veinte minutos caminando. Empieza a oscurecer. Dice que falta poco. El cielo está gris, el aire húmedo. Se ven algunos negocios abiertos. Juan quiere parar por algo de beber. Está cansado y tiene frío. Ella le dice que son tabernas y que no dejan entrar a menores. Unos hombres nos miran cruzar la calle. Uno de ellos se toca la entrepierna y me lanza un beso. Cornelia aprieta el paso. Le exijo que pidamos un taxi. Me dice que guarde silencio y camine. Las maletas retumban detrás de mí. Pisamos charcos y nos mojamos los zapatos. Me duelen las manos. Me siento secuestrada. Fue una mala decisión venir.

Llegamos a un barrio miserable. Hay basura en la calle, muros con pintas, coches desvalijados. La casa es una de muchas con fachadas deterioradas. Del interior sale un señor bajito y gordo al que le quedan dos o tres dientes. Cornelia nos lo presenta como *uncle Linus.*

Nos hacen pasar a una estancia oscura, calentada por una chimenea. Nos sentamos en el único sillón que hay. Ella desaparece hacia la cocina renqueando peor que antes. Linus nos pregunta por nuestro viaje. Acuso a Cornelia de hacernos caminar por lugares horribles arrastrando las maletas. Mi hermano me dice que no sea impertinente. Linus me mira sospechoso. Cornelia regresa a la sala con comida. Nos devoramos todo sin averiguar qué es. Les pregunto si van a cenar y contestan que esa noche nos toca a nosotros.

Quizá mis padres huyeron de la miseria con la esperanza de ocultarla, sin sospechar que la llevaban dentro. O tal vez Cornelia y Linus sean impostores buscando venganza, personas vejadas de algún modo por Jon y Holly. En todo caso, hay algo escondido. Y el mismo misterio debemos representar nosotros para ellos.

Linus nos invita a acercarnos a la chimenea. Nos sentamos en el piso a mirar el fuego y siento cómo la desolación cede el paso al calor. Temo el momento en que ese fuego se apague, porque nunca queda nada.

Le pregunto a Cornelia si ellos son de ahí, de ese barrio. Me arrepiento de inmediato. «Sí, y tu papá también», contesta nerviosa. Me dice que hablo muy buen inglés. Le parece muy raro que no sepamos de dónde venimos y nos pregunta qué tanto nos platicó nuestro padre sobre la familia. Le contesto que nada, que no hablábamos con él ni sabemos de dónde venimos. Le digo que no éramos cercanos. Juan me ve con reprobación. Él sólo quiere cariño.

Cornelia se levanta de su silla para explicarnos que ella y Jon nacieron ahí, en esa misma casa. Ella es menor que Jon. Sus padres trabajaban horas extenuantes en una fábrica de ropa, de tal modo que Jon y ella pasaron mucho tiempo solos. Aunque sólo era un niño, Jonathan cargaba con la responsabilidad de criarla, alimentarla y procurar calor para ambos durante el invierno.

La interrumpo con cualquier pretexto. No quiero saber la historia de su infancia. No me quiero compadecer de él ni quiero excusas que lo indulten. Mis padres fueron los que fueron. Cornelia sigue con que mi papá se fue del barrio cuando cumplió veinte años y que no regresó hasta el año pasado. Juan pregunta qué pasó en esos años. No entiende por qué no nos conocíamos. Yo distraigo la conversación otra vez, pero Cornelia y Juan vuelven obcecadamente a ella.

—Holly también era de Mánchester —dice Cornelia en un tono distinto, más triste y formal—. Pero ella fue menos afortunada que nosotros.

No sé a qué se refiere con eso. Quiero saber, pero no. Sobre todo ahora que está muerta.

—*How so?* —pregunta Juan.

—Holly nació en una casa de trabajo. The Manchester Union Workhouse. Los libros dicen que cerró en 1920, pero los libros mienten. Holly nació ahí y pasó los primeros años de su vida en ese lugar, hasta que de verdad cerró en 1949. Entiendo que no haya sido fácil terminar con las casas de trabajo, ¿qué haces con tantos indigentes y locos de un día para otro? *Poorhouses were full of them.*

—¿Qué es una casa de trabajo? —pregunta Juan—. No entiendo de qué hablas.

Volteo a ver a Cornelia. Se está metiendo en problemas. Trato de presionarla con la mirada para que pare de hablar, pero no reacciona. ¿Qué tanto sabrá sobre la enfermedad de Juan? Quiero saber qué pasó en esa *poorhouse*, pero también quiero que se calle.

Cornelia explica que los *workhouses* en el Reino Unido existieron desde el siglo XVII y se abolieron oficialmente en 1930. Les decían *spikes*. Eran albergues que proveía el Estado para los más pobres y desamparados. A cambio de techo y comida, ellos daban trabajo. Ésa era la idea, pero la mayoría de las casas ofrecía condiciones de vida indignas. *Much like slavery.*

—¿Por qué nació ahí?

—La madre de Holly vivía ahí cuando quedó embarazada de ella. Nunca se supo quién fue el padre. La ingresaron por prostituirse y vivir en la calle. Pronto después la diagnosticaron con demencia. Estuvo encerrada mucho tiempo. Al parecer, padecía de alucinaciones y era violenta. Al momento del nacimiento de Holly, la madre la desconoció. Holly creció en ese *spike*, cerca de su madre, viéndola todos los días, pero sin su reconocimiento.

—Pero mi mamá nos hablaba de sus bisabuelos. ¿Cómo supo de ellos si su mamá nunca la reconoció? ¿Cómo puede pasar eso? —pregunta Juan. Sus ojos se llenan de lágrimas. Me acerco a él y le tomo una mano. Dice que quiere saber más.

—No. Es suficiente por hoy. ¿Dónde nos toca dormir? —intervengo, mientras ayudo a mi hermano a levantarse del piso.

Cornelia ignora mi pregunta y comenta que Holly era una mujer muy esforzada. Quiere reivindicar su imagen. No entiende la magnitud de lo que acaba de suceder.

—¿Dónde nos toca dormir? —repito en tono tajante.

***

La seguimos hasta una habitación pequeña con un catre y un colchón roído. Duermo intermitentemente toda la noche. ¿Qué será la demencia? Escucho entre sueños el llanto de Juan.

Al día siguiente salimos de nuestro cuarto y nos encontramos con Linus y Cornelia vestidos de negro. Están listos para el funeral. Juan está aturdido e irascible. Temo un ataque epiléptico. Desayunamos pan y té. Obligo a Juan a tomarse los medicamentos. Cornelia nos pide que nos vistamos y nos abriguemos bien. Otra vez vamos a pie.

Caminamos por las calles desiertas del barrio en absoluto silencio. La humedad nos empapa las caras. Siento ganas de llorar. Mi hermano también. Cornelia y Linus caminan con dificultad. Sus siluetas son las de dos ancianos. La bruma nos impide ver el camino. Sólo podemos avanzar un par de pasos atrás de ellos. Mi hermano me dice algo en voz muy baja. No escucho. Le pido que repita y Juan traga saliva. Se le llenan otra vez los ojos de lágrimas; le tiembla la boca. Me pregunta si él también tiene demencia. Lo abrazo y le digo que no.

Llegamos al cementerio. Un camino de tierra lo parte en dos. Lápidas y mausoleos de piedra labrada irrumpen en el paisaje. Árboles altísimos obstruyen la entrada del sol, que apenas alumbra el cielo gris. Llegamos finalmente al lugar preciso. Nos recibe un puñado de rostros extraños. Dos cajas blancas descansan sobre el pasto. Los rostros nos dan sus condolencias. Con gestos sutiles, nos extienden su solidaridad. Algunos nos dicen que contemos con ellos para lo que sea necesario. Las cajas pronto desaparecen. La gente se dispersa. Cornelia y Linus se lamentan. Es hora de volver a casa.

Ahora contamos con una serie nueva de imágenes, material gráfico y vivencial que le da a la orfandad la estructura que supone la muerte. Somos huérfanos, siempre lo hemos sido, pero ahora nuestros padres están muertos.

21

Cuando se fueron todos, Terry me llevó a rastras al coche. En el camino, por el rabillo del ojo, vi sus manos, los puños de su camisa, sus rodillas, la punta de su nariz. Se me revelaron visiones de un posible futuro. Un buen amor, un niño, un hogar.

Me preguntó si estaba más tranquila ahora que mi sospecha estaba descartada. Quería decirle que era un estúpido. Sí estaba más tranquila, pero mi tranquilidad era compleja. Ya no era la niña a la que abandonó, ni la hermana abnegada a la que Juan espiaba. La muerte de Juan no se había esclarecido. Sólo había quedado descartada la sospecha concreta del suministro de sustancias por una vena. Eso no me había dado tranquilidad ni me había dado nada. Juan seguía muerto. Tampoco había entendido, al parecer, a qué fuimos al cementerio, por qué nos paramos frente a su sepulcro a clavar los ojos en el cadáver indefenso, por qué nos tocaba a nosotros mirarlo a él, husmear donde nadie nos llamó y de paso confirmar que estaba muerto y no podría nunca más tomar el lugar del otro, pero no importaba. Contesté que sí.

***

Llegamos a mi departamento. No había luz. Lo tomé de la mano y lo llevé a mi cuarto. El farol de la calle iluminaba los objetos. Como cuando éramos chicos, nos hincamos sobre la cama. Nos examinamos las caras con los dedos, las primeras canas. Nos tocamos los labios, las manos, los cuellos, las arrugas nuevas. Quizá me equivocaba y Terry no era ningún ingenuo. Quizá entendía perfectamente lo que había pasado y, como yo, prefería la complicidad implícita en cada cosa.

Nos desvestimos despacio. Queríamos decirnos cosas, pero estábamos muy excitados. Me besó los ojos y la frente. Metió las manos en mi pelo y me jaló la cabeza hacia atrás. Sentí la fuerza de mi deseo en los oídos y en las caderas. Pegó su torso al mío. Nuestras respiraciones se acompasaron. Bajó las manos y las puso sobre mis pechos, presionando, frotando con los dedos mis pezones, que se endurecieron ante el estímulo. Me recorrió con la lengua desde el cuello hasta el esternón. Me mordió la piel de los pechos. Mordidas pequeñas y suaves. Su sudor tenía un olor complicado. Me penetró poco a poco, tapándome la boca con una mano. Aún hincados, me prendí de sus muslos y apreté los músculos del coxis. Terry hizo un ruido desesperado. Moví la pelvis hacia atrás y me jaló hacia él. Repetimos el movimiento con más intención, una y otra vez, hasta que soltamos el control y nos dejamos ser en la violencia, en el dolor, en el placer del dolor, en el amor que tanto nos había eludido y en el inescrutable sadismo que implicaba volver a amarnos. Nos penetramos de muchas formas, nos llenamos huecos, nos rascamos hasta el éxtasis las cicatrices y vivimos, en el acto sexual, una revelación recíproca y radical.

22

Vivimos años violentos, años que apenas recuerdo. Tengo que internar a mi hermano en el Sanatorio. Mientras hago los trámites escucho la voz de Jon: «Es eso o el sanatorio en Real del Monte». *Eso* fracasó. Nadie me dijo que la tutela puede incluir la decisión de internar al tutelado en un sanatorio. Que no es una maldad o una falta al deber tutelar. Por años pensé que ser su tutora significaba hacerme cargo de él, pelear con él, verlo sufrir, temerle. Pensé que además era una herencia moral, el legado de una responsabilidad que no pedí y me tocó por afinidad, porque la sangre demanda, exige que hagas cosas imposibles. Juan nunca debió vivir conmigo ni yo con él. Lo acepté cuando lo peor ya había pasado.

Hablo con él acerca de la posibilidad del sanatorio. Me dice que sí quiere, que lo ha querido siempre, que me detesta, que le arruiné la vida, que lo deje en paz. Lo voy a dejar ir, lo tengo que dejar ir, es lo mejor para todos. Me lo repito cada vez que dudo. Lo voy a dejar ir, lo tengo que dejar ir, es lo mejor para todos

***

Juan está en una banca del Old Town Hall. Me siento junto a él viendo en dirección a un puente colgante. Le pregunto qué piensa. Se quiere quedar. Suspiramos un par de veces sin saber qué decirnos. Una mujer roja y alta nos ve desde una ventana de la torre.

—¿Quién será? —pregunta Juan.

—Tu novia —digo bromeando. Nos abrazamos y nos despedimos.

23

Decidimos llamar a nuestro hijo James y terminamos diciéndole Jaime. Quién sabe qué habría pasado si la muerte de Juan no hubiera traído un niño a mis brazos. Tal vez habría acabado yo misma en el sanatorio.

Vivíamos en una casa en Pachuca. Jaime era hijo mío y Terry era su padre. La familia ensamblaba milimétricamente. Tres víctimas de la locura y de sus administradores, subproductos del universillo siniestro en el que sólo caben ellos. Piezas sueltas en el juego de los locos.

Adorábamos a Jaime. Lo cuidábamos como a un niño elegido. Lo era. Lo observábamos, anotábamos todo, estudiábamos cada cosa para que no pasara desapercibida. Su crecimiento, su peso, sus reflejos, su comportamiento eran acordes a su edad. No había anomalías. Era un niño promedio, pero si lloraba, si hacía un berrinche, si aventaba un juguete, si se enojaba y daba de alaridos, yo tragaba saliva.

Terry era cariñoso, aunque guardaba cierta distancia, un hábito que alimentó por muchos años. A veces nos observaba sin ser visto. Eso creía él. Yo sabía que estaba ahí. Lo dejaba hacerlo porque entendía. El pasado te condena a ciertas proclividades sin las que no puedes ser.

Jaime se parecía a mí y quizá también a Ágata. Tenía mi nariz y los antebrazos demasiado largos de mi madre. Cuando estábamos solos, le contaba cosas sobre mi hermano, sobre nuestra infancia atroz. No era mi intención ir a los rincones oscuros, pero sucedía. Le preguntaba en voz baja: «¿Qué voy a decirte cuando crezcas? ¿Cómo puedo sepultar el pasado? ¿Cómo te voy a explicar la muerte de tu padre?». Jaime sacudía su sonaja.

Empecé a sufrir en silencio. Soñaba constantemente con Juan, su cuerpo epiléptico, el sepulcro transgredido, la camilla saliendo del cuarto, el aliento repugnante de Moore. Me despertaba a medianoche y me encerraba en el baño a llorar desesperada. ¿Cómo arrancarme del pecho este inferno? Terry escuchaba detrás de la puerta. Traté de hablarlo con él. Le dije que no podía dejar de pensar en mi hermano muerto y en que le habíamos robado a su hijo.

—Y yo creyendo que habíamos salvado a Jaime, mientras tú sólo piensas en Juan —dijo visiblemente herido—. ¿Qué soy para ti? Te escucho llorar en las noches. ¿No somos razón suficiente para que seas feliz?

—Tienes razón, soy una bruja, otra loca, pero no puedo controlarlo. ¿Qué voy a hacer? —sentí una terrible aversión por mí misma.

—Haz lo que tengas que hacer, Josefina. Hazlo y termina con esta pesadilla. Jaime no se merece vivir así. Ya no me compadezco de ti —dijo tajante—; supéralo.

Terry tenía razón. Era una pesadilla, un sueño persistente, una obsesión que me acosaba desde siempre. Le pedí perdón y le prometí que buscaría la manera.

Pasaron varios días. Terry y yo apenas hablamos. En su mirada reverberaba mi desdicha. Jaime sólo quería estar con él. Lloraba en cuanto me acercaba y decía: «mamá no». Me pegaba si lo cargaba. Lo había contagiado de mi autorrepudio.

***

Era viernes por la tarde. Terry no estaba en la casa. Llamé a Anne para que cuidara a Jaime. Le dije que tenía cosas que hacer.

En cuanto llegó, me subí al coche y fui a Pachuca a hacer unas compras. Estaba oscureciendo. Tomé la 105 hacia Real del Monte. Llegué al sanatorio cuando la noche ya era negra. Me estacioné en una colina detrás de la malla que bordeaba el jardín a la altura de la torre de observación. Saqué la herramienta que acababa de comprar e hice unos cortes en la malla. Pasé por ahí dos bidones de cinco litros. Trepé la malla y salté al jardín. Corrí hasta la torre y rompí el vidrio de la puerta de emergencia con el codo. Abrí la puerta y entré. Cerré los ojos y respiré hondo un par de veces. «Ésta es mi redención», dije en voz baja. Subí la escalera en silencio, derramando gasolina detrás de mí. Llegué hasta el vestíbulo en el que conocí a Ágata. Derramé gasolina por el piso. Dejé los bidones. Hice sonar la alarma. No había necesidad de matar a nadie. Salí por el acceso principal de la torre. Prendí un cerillo y lo aventé al charco. La combustión hizo un sonido sutil, pero definitivo. El piso se pintó de azul. Me eché a correr por el jardín hacia la malla. Me paré unos segundos detrás de un árbol a recuperar el aliento. Sentí la sangre correr desaforada por las venas de mi cuello, por mi pecho enloquecido. Me asomé hacia la torre. Salía humo de las ventanas. Se escuchaba gente toser, gritar, correr. Corrí a la malla, salté, me subí a mi coche y observé. El jardín se llenó de locos, a lo lejos se veían las luces de las torretas de las patrullas, sonaban las sirenas de las ambulancias y la torre ardió. Me reí un poco y me detuve. Quería contener mi excitación, pero no se pudo, la risa me invadió y reí a carcajadas. El incendio refulgió, tal vez porque el fuego se alimenta de la risa de los locos.

Penguin Random House Grupo Editorial, S.A.U.
Travessera de Gràcia, 47-49
ECZ, 8021
ES
https://www.penguinlibros.com/es/content/1334-seguridad-de-los-productos
seguridadproductos@penguinrandomhouse.com
+34 93 366 03 00

The authorized representative in the EU for product safety and compliance is

Penguin Random House Grupo Editorial, S.A.U.
Travessera de Gràcia, 47-49
ECZ, 8021
ES
https://www.penguinlibros.com/es/content/1334-seguridad-de-los-productos
seguridadproductos@penguinrandomhouse.com
+34 93 366 03 00

ISBN: 9798890987112
Release ID: 156016905

www.ingramcontent.com/pod-product-compliance
Lightning Source LLC
LaVergne TN
LVHW041037150826
845672LV00001B/353

* 9 7 9 8 8 9 0 9 8 7 1 1 2 *